外国文学名著丛书

〔西班牙〕加西亚·洛尔卡/著

加西亚·洛尔卡诗选

赵振江/译

"外国文学名著丛书"编委会

人民文学出版社

Federico García Lorca
ANTOLOGÍA POÉTICA

图书在版编目(CIP)数据

加西亚·洛尔卡诗选/(西)加西亚·洛尔卡著;赵振江译. —北京:人民文学出版社,2022(2023.6 重印)
(外国文学名著丛书)
ISBN 978-7-02-016531-5

Ⅰ.①加… Ⅱ.①加…②赵… Ⅲ.①诗集—西班牙—现代 Ⅳ.①I551.25

中国版本图书馆 CIP 数据核字(2021)第 249847 号

责任编辑　张欣宜
装帧设计　刘　静
责任印制　王重艺

出版发行　人民文学出版社
社　　址　北京市朝内大街 166 号
邮政编码　100705

印　　刷　北京盛通印刷股份有限公司
经　　销　全国新华书店等

字　　数　191 千字
开　　本　850 毫米×1168 毫米　1/32
印　　张　15.875　插页 3
印　　数　4001—6000
版　　次　2022 年 2 月北京第 1 版
印　　次　2023 年 6 月第 2 次印刷

书　　号　978-7-02-016531-5
定　　价　84.00 元

如有印装质量问题,请与本社图书销售中心调换。电话:010-65233595

加西亚·洛尔卡

出版说明

人民文学出版社自一九五一年成立起,就承担起向中国读者介绍优秀外国文学作品的重任。一九五八年,中宣部指示中国科学院文学研究所筹组编委会,组织朱光潜、冯至、戈宝权、叶水夫等三十余位外国文学权威专家,编选三套丛书——"马克思主义文艺理论丛书""外国古典文艺理论丛书""外国古典文学名著丛书"。

人民文学出版社与中国科学院文学研究所,根据"一流的原著、一流的译本、一流的译者"的原则进行翻译和出版工作。一九六四年,中国社会科学院外国文学研究所成立,是中国外国文学的最高研究机构。一九七八年,"外国古典文学名著丛书"更名为"外国文学名著丛书",至二〇〇〇年完成。这是新中国第一套系统介绍外国文学作品的大型丛书,是外国文学名著翻译的奠基性工程,其作品之多、质量之精、跨度之大,至今仍是中国外国文学出版史上之最,体现了中国外国文学研究界、翻译界和出版界的最高水平。

历经半个多世纪,"外国文学名著丛书"在中国读者中依然以系统性、权威性与普及性著称,但由于时代久远,许多图书在市场上已难见踪影,甚至成为收藏对象,稀缺品种更是一书难求。在中国读者阅读力持续增强的二十一世纪,在世界文明交流互鉴空前频繁的新时代,为满足人民日益增长的美

1

好生活的需要,人民文学出版社决定再度与中国社会科学院外国文学研究所合作,以"网罗经典,格高意远,本色传承"为出发点,优中选优,推陈出新,出版新版"外国文学名著丛书"。

值此新版"外国文学名著丛书"面世之际,人民文学出版社与中国社会科学院外国文学研究所谨向为本丛书做出卓越贡献的翻译家们和热爱外国文学名著的广大读者致以崇高敬意!

"外国文学名著丛书"编委会
二〇一九年三月

编委会名单
(以姓氏笔画为序)

1958—1966

卞之琳　戈宝权　叶水夫　包文棣　冯　至　田德望
朱光潜　孙家晋　孙绳武　陈占元　杨季康　杨周翰
杨宪益　李健吾　罗大冈　金克木　郑效洵　季羡林
闻家驷　钱学熙　钱锺书　楼适夷　蒯斯曛　蔡　仪

1978—2001

卞之琳　巴　金　戈宝权　叶水夫　包文棣　卢永福
冯　至　田德望　叶麟鎏　朱光潜　朱　虹　孙家晋
孙绳武　陈占元　张　羽　陈冰夷　杨季康　杨周翰
杨宪益　李健吾　陈　燊　罗大冈　金克木　郑效洵
季羡林　姚　见　骆兆添　闻家驷　赵家璧　秦顺新
钱锺书　绿　原　蒋　路　董衡巽　楼适夷　蒯斯曛
蔡　仪

2019—

王焕生　刘文飞　任吉生　刘　建　许金龙　李永平
陈众议　肖丽媛　吴岳添　陆建德　赵白生　高　兴
秦顺新　聂震宁　臧永清

目 次

西班牙当代诗坛的一部神话 ………………………… 1

诗　集（选十八）

（1918—1920）

蜗牛奇遇 ………………………… 3
秋歌 ………………………… 11
风标 ………………………… 14
伤心谣 ………………………… 17
明天 ………………………… 20
魂影 ………………………… 24
如果我的手能将叶子摘取 ………………………… 26
宝石 ………………………… 28
夏日情歌 ………………………… 30
新歌 ………………………… 33
黎明 ………………………… 35
预感 ………………………… 37
月亮谣 ………………………… 40
梦 ………………………… 43

老蜥蜴	45
东方之歌	49
海水谣	54
树木	56

深 歌

(1921)

三水谣	59
吉卜赛西吉里亚之诗(选六)	62
风景	62
吉他琴	63
呐喊	64
安静	65
西吉里亚的脚步	65
过后	66
索莱亚之诗(选九)	68
干燥的土地	68
村庄	69
匕首	70
路口	70
啊咿	71
索莱亚	72
窑洞	73
相逢	74
黎明	74

萨埃塔之诗(选七) ······ 76
  弓箭手 ······ 76
  夜晚 ······ 77
  塞维利亚 ······ 78
  经过 ······ 79
  萨埃塔 ······ 79
  阳台 ······ 80
  黎明 ······ 81

佩特内拉速写(选五) ······ 82
  道路 ······ 82
  舞 ······ 83
  佩特内拉之死 ······ 84
  深度 ······ 85
  哀怨 ······ 85

两位姑娘 ······ 87
  劳拉 ······ 87
  安帕萝 ······ 88

弗拉门戈集锦(选四) ······ 90
  希尔维里奥的肖像 ······ 90
  胡安·布雷瓦 ······ 91
  歌厅咖啡馆 ······ 92
  死神怨 ······ 93

三座城 ······ 95
  马拉加女郎 ······ 95
  科尔多瓦的市区 ······ 96
  舞蹈 ······ 96

随想六种(外一首) ·············· 98
  吉他琴之谜 ·············· 98
  油灯 ·············· 99
  响板 ·············· 99
  仙人掌 ·············· 100
  龙舌兰 ·············· 101
  十字架 ·············· 101
  阿马尔戈母亲的歌 ·············· 102

组 歌

(1920—1923)

黑姑娘的花园 ·············· 105
  门廊 ·············· 105
  金合欢 ·············· 106
  相遇 ·············· 106
  柠檬园 ·············· 107
水的组歌(选三) ·············· 109
  国度 ·············· 109
  曲线 ·············· 109
  蜂房 ·············· 110
十字 ·············· 111
  北 ·············· 111
  南 ·············· 111
  东 ·············· 112
  西 ·············· 112

明镜组歌(选十二) ………………………… *113*
象征 …………………………………… *113*
反映 …………………………………… *113*
回答 …………………………………… *114*
土地 …………………………………… *114*
奇想 …………………………………… *115*
神道 …………………………………… *116*
眼睛 …………………………………… *116*
开元 …………………………………… *117*
沉睡明镜的催眠曲 …………………… *118*
天空 …………………………………… *119*
模糊 …………………………………… *119*
凝思 …………………………………… *120*

凝滞组歌 ………………………………… *121*
柏树 …………………………………… *121*
凝滞 …………………………………… *121*
变化 …………………………………… *122*
凝滞,最后的歌 ……………………… *123*
半个月亮 ……………………………… *124*

天空三景 ………………………………… *125*
一 ……………………………………… *125*
二　美男子 …………………………… *126*
三　维纳斯 …………………………… *127*

夜晚(选十二) …………………………… *128*
痕迹 …………………………………… *128*
序曲 …………………………………… *128*

5

天之角	129
圆满	129
明星	130
一颗星	130
母亲	131
记忆	131
寄宿	131
金星	132
下面	132
悲哀	133
歌谣四首	134
回归组歌	139
我要回去	139
水流	140
向	140
转折	141
告别	142
心潮	143
风的故事	144
一	144
二	144
三	145
四　学校	146
喷泉组歌(选四)	148
故土	148
旁白	148

一时间！ ……………………………… *149*
　　花园 …………………………………… *149*
诗三首 …………………………………… *151*
　　夏季 …………………………………… *151*
　　绝望之歌 ……………………………… *152*
　　抛弃 …………………………………… *153*
钟林组歌 ………………………………… *155*
　　我走进 ………………………………… *155*
　　草丛 …………………………………… *156*
　　全景 …………………………………… *157*
　　它 ……………………………………… *157*
　　钟的回声 ……………………………… *158*
　　最初与最后的思考 …………………… *159*
　　斯芬克斯的时间 ……………………… *159*
　　一……二……三 ……………………… *160*
标本组歌 ………………………………… *161*
　　书 ……………………………………… *161*
布谷，布谷，布谷（选四） …………… *165*
　　布谷用它小小的铜球 ………………… *165*
　　老布谷的歌 …………………………… *166*
　　布谷的第二夜曲 ……………………… *167*
　　最后的夜曲 …………………………… *168*
在月亮柚子的花园里（选四） ………… *170*
　　白色的森林之神 ……………………… *170*
　　花园景色 ……………………………… *171*
　　七颗心少年之歌 ……………………… *172*

未出生婴儿之歌 ………………………………… *173*

歌 集

（1921—1924）

理论（选四） ……………………………………… *177*
    天平 ………………………………………………… *177*
    狩猎者 ……………………………………………… *177*
    童话 ………………………………………………… *178*
    砍伐三棵树 ………………………………………… *179*
窗之夜曲 ……………………………………………… *180*
儿歌（选三） ………………………………………… *184*
    欧洲的中国歌谣 …………………………………… *184*
    海螺 ………………………………………………… *185*
    雄蜥蜴雌蜥蜴 ……………………………………… *186*
安达卢西亚之歌（选八） …………………………… *188*
    骑手之歌 …………………………………………… *188*
    散步的阿德丽娜 …………………………………… *189*
    我的女孩儿到海上 ………………………………… *190*
    黄昏 ………………………………………………… *191*
    骑手之歌 …………………………………………… *192*
    真实 ………………………………………………… *193*
    树木，树木 ………………………………………… *193*
    美男儿 ……………………………………………… *195*
三个带影子的肖像 ………………………………… *197*
    魏尔伦 ……………………………………………… *197*

胡安·拉蒙·希梅内斯	199
德彪西	201

游戏(选一) …… 203
对一位姑娘的耳语	203

拿手杖的爱神(选三) …… 204
露西娅·马丁内斯	204
内心	205
小夜曲	205

阴间(选三) …… 207
哑童	207
告别	208
自尽	208

爱神(选四) …… 210
第一欲望的短歌	210
在高中和大学	211
情话	212
十四行诗	213

为了结束的歌(选六) …… 215
骗人的镜子	215
无用的歌	215
三月的果园	216
两个水手在岸上	217
塑像的渴望	218
干橙树之歌	219

吉卜赛谣曲集

(1924—1927)

月亮,月亮谣曲 ………………………… *223*
漂亮姑娘与风 …………………………… *225*
械斗 ……………………………………… *229*
梦游谣 …………………………………… *232*
吉卜赛修女 ……………………………… *237*
不贞之妇 ………………………………… *239*
黑色伤心谣 ……………………………… *242*
米迦勒 …………………………………… *245*
拉斐尔 …………………………………… *248*
加百列 …………………………………… *251*
被捕 ……………………………………… *255*
绰号坎波里奥的小安东尼奥之死 ……… *258*
殉情者 …………………………………… *261*
被传讯者谣 ……………………………… *264*
西班牙宪警谣 …………………………… *267*
历史谣曲三首 …………………………… *274*
 圣奥拉娅的苦难 ……………………… *274*
 讽佩德罗骑士 ………………………… *278*
 他玛与暗嫩 …………………………… *281*

颂 歌(选二)

(1924—1929)

萨尔瓦多·达利的颂歌 …………………………… *289*
孤独 …………………………………………………… *295*

诗人在纽约

(1929—1930)

一 哥伦比亚大学孤独的诗篇 ……………………… *301*
　漫步归来 ………………………………………… *301*
　一九一〇 ………………………………………… *302*
　三个朋友的童话和轮子 ………………………… *303*
　在芒通的童年 …………………………………… *306*
二 黑人 ……………………………………………… *309*
　黑人的准则与天堂 ……………………………… *309*
　哈雷姆王 ………………………………………… *311*
　被遗弃的教堂 …………………………………… *316*
三 街与梦 …………………………………………… *319*
　死神舞 …………………………………………… *319*
　呕吐人群之景 …………………………………… *323*
　撒尿人群之景 …………………………………… *326*
　谋杀 ……………………………………………… *328*
　哈得孙的圣诞节 ………………………………… *328*
　不夜城 …………………………………………… *330*

纽约盲目的全景 …………………………………… *333*
　　基督的诞生 ………………………………………… *335*
　　黎明 ………………………………………………… *336*
四　埃登梅尔湖的诗篇 ……………………………………… *338*
　　埃登湖的双重诗篇 ………………………………… *338*
　　活跃的天空 ………………………………………… *341*
五　在农场的茅舍里 ………………………………………… *343*
　　斯坦顿 ……………………………………………… *343*
　　奶牛 ………………………………………………… *346*
　　井中淹死的女孩 …………………………………… *347*
六　引向死亡 ………………………………………………… *349*
　　死神 ………………………………………………… *349*
　　空洞夜曲 …………………………………………… *350*
　　两座坟和一条亚述狗之景 ………………………… *354*
　　破产 ………………………………………………… *355*
　　月亮与昆虫的全景 ………………………………… *357*
七　返回城市 ………………………………………………… *361*
　　纽约 ………………………………………………… *361*
　　犹太人的坟墓 ……………………………………… *364*
　　十字架上 …………………………………………… *367*
八　两首颂歌 ………………………………………………… *369*
　　向罗马呐喊 ………………………………………… *369*
　　沃尔特·惠特曼的颂歌 …………………………… *372*
九　逃离纽约 ………………………………………………… *379*
　　维也纳小华尔兹 …………………………………… *379*
　　枝头上的华尔兹 …………………………………… *381*

十　诗人到达哈瓦那 ………………………………… *384*
　　古巴黑人的"松" ………………………………… *384*

塔马里特短歌(选十)

（1931—1934）

可怕情况之歌 ……………………………………… *389*

绝望爱情之歌 ……………………………………… *391*

死孩儿之歌 ………………………………………… *393*

黑暗死神之歌 ……………………………………… *394*

树枝之歌 …………………………………………… *396*

卧女小曲 …………………………………………… *398*

露天之梦小曲 ……………………………………… *399*

难得之手小曲 ……………………………………… *400*

金色姑娘小曲 ……………………………………… *401*

黑鸽小曲 …………………………………………… *403*

致伊格纳西奥·桑切斯·梅希亚斯的挽歌

（1934）

一　抵伤与死神 ……………………………………… *407*
二　流淌的血 ………………………………………… *410*
三　眼前的躯体 ……………………………………… *415*
四　消逝的灵魂 ……………………………………… *418*

十四行诗（选六）

（1924—1936）

悼何塞·德·希里亚·伊·埃斯卡兰特 …………… 423
诗人请求情侣给他写信 ……………………………… 424
致飞翔的梅尔塞德斯 ………………………………… 425
不眠爱之夜 …………………………………………… 426
甜蜜的怨言 …………………………………………… 427
爱情安睡在诗人的怀抱 ……………………………… 428

附　录

一九九四年版序言……………………… 哈维尔·埃赫亚 429
献给加西亚·洛尔卡的悼诗 ……………………………… 432
　致一位不该死去的诗人的挽歌 ………… 拉法埃尔·阿尔贝蒂 432
　致我们的诗人的挽歌 ………… 曼努埃尔·阿尔托拉吉雷 433
　挽歌之一 ……………………… 米格尔·埃尔南德斯 436
　罪行发生在格拉纳达 ………………… 安东尼奥·马查多 441
　致费德里科·加西亚·洛尔卡 ………… 佩德罗·加菲亚斯 444
　致费德里科·加西亚·洛尔卡………… 安东尼奥·阿帕里西奥 445
　费德里科 ………………………………… 尼古拉斯·纪廉 448

西班牙当代诗坛的一部神话

——加西亚·洛尔卡的生平与创作

在二十世纪的西班牙诗坛,出现了一个光彩夺目的诗人群体,这就是著名的"二七年一代"。其主要成员除了加西亚·洛尔卡之外,还有佩德罗·萨利纳斯(1891—1951)、豪尔赫·纪廉(1893—1984)、赫拉尔多·迭戈(1896—1987)、达马索·阿隆索(1898—1990)、维森特·阿莱克桑德雷(1898—1984,1977年诺贝尔文学奖获得者)、拉法埃尔·阿尔贝蒂(1902—1999)等。如今,这一代诗人的作品已成经典,其在国内外的影响以加西亚·洛尔卡为最大,这当然与他的不幸遇害不无关系,但主要还是由于他作品本身的魅力。

一

加西亚·洛尔卡于一八九八年六月五日出生在格拉纳达的郊区小镇富恩特巴克罗斯,父亲是个开明而又有文化修养的庄园主,母亲是村里代课的小学教师,他从小就受到了多方面的艺术熏陶。然而当时的西班牙,也和一百年前的中国一样:江河日下,风雨飘摇。封建势力的束缚,宗教阴影的笼罩,统治集团的腐败,不仅使其经济发展极其缓慢,而且导致了它在与美国的战争中一败涂地,将海外最后的几块殖民地丧失殆尽。战争的失利使西班牙的知识界受到了强烈的震撼,一批不满现实、追求变革的文学青年力图通过各自不同的文学道路,唤起民众的觉醒。这同样是一个光彩夺目的作家群体,史称"九八年一代",又称"苦难的一代"。加西亚·洛尔卡就是在这样的历史和文化背景中诞生的。

加西亚·洛尔卡出生的地区——安达卢西亚——是一个文化底蕴深厚的地区,是诗人和艺术家的摇篮。人们所熟知的希梅内斯、马查多、阿莱克桑德雷、阿尔贝蒂、塞尔努达等都出生在安达卢西亚。安达卢西亚位于西班牙南部,濒临地中海,隔直布罗陀海峡与摩洛哥相望。从公元前十一世纪至一四九二年,塔尔特苏人、腓尼基人、希腊人、迦太基人、西哥特人、阿拉伯人都在此留下了自己的历史痕迹。这里有丰富的文化融合的传统和基因。这是安达卢西亚人的骄傲。安达卢西亚有三座城市最有特色:格拉纳达、科尔多瓦和塞维利亚。格拉纳达有闻名遐迩的阿尔罕布拉宫,科尔多瓦有气势恢宏的大清真寺,塞维利亚有巍峨壮观的哥特式大教堂。这里有银装素裹的雪岭,有风光旖旎的海滩,洋洋洒洒的瓜达尔基维尔河流淌着神秘的故事,漫山遍野的橄榄林孕育着爱情的传说。无论是人文景观还是自然景观,都浸透着无穷的魅力。

加西亚·洛尔卡出生的城市是一座极具特色的城市,是一座历史文化名城,阿尔罕布拉宫是它的标志。阿尔罕布拉宫如今是西班牙游客最多的景点,始建于十三世纪,矗立在格拉纳达东南的山梁上。它居高临下,俯瞰全城,气势恢宏,蔚为壮观。但应当指出的是,格拉纳达自从被天主教双王于一四九二年攻克以后,经济并没有得到发展。直至二十世纪初,还只是个仅有七万五千人口的小城,被称作"活着的废墟"。后来制糖业的兴起使那里的资产阶级开始了"现代化"的进程,但无论在政治方面还是在文艺方面,都依然是一个相当保守的地方。这也是思想行为超前的加西亚·洛尔卡在自己的家乡惨遭杀害的原因之一。

与格拉纳达不同,加西亚·洛尔卡的出生地——富恩特巴克罗斯镇——却并不保守。这是距格拉纳达市十八公里的一个小镇。它是原"罗马丛林"庄园的核心。这个庄园占地一千五百公顷,原是西班牙王室的财产。一八一三年,抗法战争结束后,加的斯的王室成员将它赠给打败拿破仑军队的威灵顿(1769—1852)公爵。因此,当地居民曾属英国贵族管辖,信奉新教,具有自由、开放的传统。这种氛围对洛尔卡思想品格的养成产生了很大的影响。

加西亚·洛尔卡的家庭也是一个不寻常的家庭。他的父亲是个开明而又有文化修养的庄园主。为了培养子女成人,他情愿多花钱,也要送他们去教学较严谨、思想较自由的私立学校。费德里科·加西亚·洛尔卡在四个兄弟姊妹中居长,因此,他是在亲人们的呵护中长大的。尽管在他之前,家中无人上过大学,但几乎所有的家庭成员都具有艺术天赋。他们中的许多人会弹吉他、十二弦琴或钢琴,会讲故事、即席赋诗,熟悉民间歌谣。他的一个堂祖父(巴尔多梅罗)是家乡的流浪诗人,出版过一本宗教诗的小册子。虽然家里人将他看成一只"黑绵羊",费德里科却很喜欢他。他的一个叔父能用钢琴演奏十分动听的乐曲。此外,加西亚家的人爱读书。他的父亲就买过一部精装插图本的《雨果全集》,这是费德里科最早的课外读物。诗人的母亲比父亲年轻十一岁,出身贫寒,顽强的毅力使她靠自学成为村里的小学教师。

加西亚·洛尔卡有超常的诗歌天赋,八岁时已能背诵百余首民谣。如果后来不致力于诗歌和戏剧创作,他或许会成为画家或音乐家,如同他的朋友达利和法雅那样。他于一九一四年入格拉纳达大学学习法律,后改学文学、绘画和音乐。加西亚·洛尔卡大约从十九岁开始写诗,同时写散文。由于其音乐老师安东尼奥·塞古拉去世,家庭又不同意他出国,便停止了音乐学习,但他从事诗歌创作的意志却是不可动摇的。他于一九一九年赴马德里大学学习,在著名的大学生公寓结识了不少诗人和艺术家,并经常在公寓和马德里各地朗诵自己的诗歌和戏剧作品。一九二一年他出版了第一部《诗集》。这是一本自选集,而且种种迹象表明,未入选的作品是大量的。在这部诗集中,每一首诗都标有创作的年月。至于其他诗作,要确定其创作日期是很困难的,因为他往往同时穿插进行不同诗集的创作。例如,《组歌》《歌集》和《吉卜赛谣曲集》的创作就是穿插进行的。一九三二年至一九三五年,他率领茅屋剧团在西班牙各地巡回演出。一九三六年七月内战爆发,同年八月十九日(一说十八日)凌晨,法西斯分子杀害了这位如日中天的天才诗人和剧作家。

我们可以把洛尔卡的诗歌创作分为三个时期。一九二〇年至一九二七年为第一个时期。在《诗集》之后,《深歌》《组歌》《歌集》和《吉卜赛谣曲集》的风格相近,传统的韵律和现代主义的影响并存,基本上是表现客观的诗歌体验,个人内心情感的抒发是有节制的。《深歌》《组歌》和《歌集》中的许多作品都是如此:诗人的感情世界是戴着面具的。在一定程度上,这与"纯诗歌"不无关系。在这个时期,贡戈拉一直是他心目中崇拜的偶像。一九二七年年初,《吉卜赛谣曲集》的创作基本完成,它为洛尔卡赢得了极高的声誉。但他对这部诗集的局限性有十分清醒的认识,因此,在一片赞扬声中,他不无惋惜地告别了第一个时期,开始了一种全新风格的创造。这是一种抒发苦闷、宣泄愤怒、表现困惑的自由体诗歌,是一种开放型的诗歌,它通向现实生活的各个领域。这个革新的过程一直持续到一九二八年。一九二九年,为了克服情感和创作上的危机,他前往美国,《诗人在纽约》就是在那里创作的。后来又去了古巴、阿根廷和乌拉圭。经过这次革新之后,他的诗歌的象征色彩更浓了。《诗集》中闪烁的点点光辉已经化作五彩斑斓的世界。这是个大面积丰收的年代,无论在数量上还是在质量上,都达到了令人吃惊的程度。诗人自己也一直以此为骄傲。遗憾的是,诗人在世时,对这时期的许多作品未来得及做系统的整理。当然,可以肯定地说,《诗人在纽约》是他第二时期的最高成就。

　　从纽约回到西班牙之后的六年,洛尔卡将主要精力投入了戏剧创作,诗歌已不多产。主要诗集是《短歌》与《十四行诗》。这两本诗集以抒发个人的亲情为主,有较大的随意性,也有较强的情爱色彩。在此期间,诗人收拢了在纽约时张开的翅膀,重又回到传统的韵律上来,尽管没有摒弃自由诗的风格。或者可以说,这是前两个时期的概括和总结。伊格纳西奥之死,导致了二十世纪一首伟大挽歌的产生。它将《诗人在纽约》的先锋派风格与《吉卜赛谣曲集》及《深歌》的魔幻色彩融为一体。

　　洛尔卡诗歌的创作过程是个不断创新的过程。与其他"二七年一代"诗人相比,这一点是非常突出的。无论就民族性还是就先锋性而言,他都是独树一帜的。他的作品的民众性比西班牙同时代的任何诗人都强。在社会诗歌的创作方面,他实际上比阿尔贝蒂还要早。

正当洛尔卡的创作处于巅峰状态的时候,法西斯分子将他杀害了,这是一笔永远无法偿还的血债。但洛尔卡并没有死,他在自己的作品中得到了永生。

在短短十八年的文学生涯中,除了诗歌创作之外,加西亚·洛尔卡还创作了一部散文(游记散文《印象与风景》,1918)、十二个剧本和一个电影文学脚本。此外,还搜集整理了大量的民间音乐,创作了数以百计的素描,做了许多次学术讲座。他的主要剧作有《马里亚娜·皮内达》(1927)、《鞋匠的俏娘子》(1930)、《血的婚礼》(1933)、《叶尔玛》(1934)、《坐愁红颜老》(即《单身女子罗西达或花儿的语言》,1935)、《阿尔瓦之家》(1936)等。在本文中,我们主要分析洛尔卡的诗歌。至于他的剧作,当另作专论。在此要指出的是,洛尔卡的剧作与他的诗作具有类似的特点。因此,本文所阐明的观点,一般也适用于他的剧作。从题材上说,洛尔卡的剧作具有更鲜明的安达卢西亚特征。据笔者所知,在我国所介绍的多为社会性和现实性较强的作品,至于其先锋性突出的作品如《观众》,即使在西班牙,人们对它的研究和了解也是很不够的。

二

洛尔卡的诗品和人品是一致的:深沉而狂热,平凡亦崇高,植根于传统又不受约束,贴近现实却难以捉摸。无论将他称作"诗魔"还是称作"诗仙",都不为过。可以毫不夸张地说,他是西班牙当代诗坛的一部神话。

加西亚·洛尔卡既是超凡脱俗的,又是有血有肉的。他不仅像常人一样,具有七情六欲,而且十分敏感,这也是大多数诗人共有的气质。他父亲也像一般有文化的家长一样,不惜钱财,"望子成龙"。《印象与风景》就是父亲资助儿子出版的。然而看到儿子"不务正业",没有固定的工作,父亲又放心不下。费德里科为了使家庭得到一点满足,曾于一九二六年九月给豪尔赫·纪廉写了一封信,求他为自己在巴黎谋一个教师的职务。像安东尼奥·马查多、佩德罗·萨利纳斯、赫拉尔多·迭戈以及豪尔赫·纪廉一样,走讲师—教授的道路。谢天谢地! 亏得他这条路没有走成。事实上,社会的不公正和生活的不稳定始终伴随着他。应当说,洛尔卡始终生活在生活的激流和心灵的冲突之中。诗歌使这种冲突得到了平息和升华。对他来说,诗歌就是生命,是精髓,是根,是他的天职。正是这份执着和虔诚,使他对诗歌的追求达到了走火入魔的地步。他在一九二六年写给纪廉的信中说:"我不吃,不喝,而且除了诗歌什么也不懂……"

当然,对洛尔卡来说,诗歌,并不是逃避现实的栖身之地,不是自我陶醉的象牙之塔,而是对大地的忠诚,对人生的感悟,对社会的探索。洛尔卡的历史就是他诗歌的创作史,风格的更新史,思想的演变史。

作为人,他是一个纯真、热情、有理想、有追求的人;作为艺术家,他是一个天赋超群、才华横溢的艺术家。在西班牙文学史上,不乏艺术的多面手:圣胡安·德·拉·克鲁斯、贝克尔、胡安·拉蒙·希梅内斯以及阿尔贝蒂等都会作画,然而像他那样将诗歌、戏剧、音乐、美术融会贯通起来的作家却是极为罕见的。他对贝多芬有透彻的理解；他不仅赋诗、编剧、作曲、绘画，有时还粉墨登场，并兼做舞台导演。他的朋友、著名作曲家曼努埃尔·德·法雅就说"他作为音乐家也会像诗人一样出色"。当他第一次在加泰罗尼亚与朋友们聚会时，首先演奏肖邦和拉威尔，然后是西班牙歌曲，又转为卡斯蒂利亚和加利西亚地区的民歌，最后是加泰罗尼亚民歌。他的音乐才能和非凡的记忆力令在场的朋友无不拍案叫绝。后来何塞·卡波内尔写道："令我吃惊和惭愧的是，我们谁也不熟悉那些本乡本土的歌词。开始时我们大家合唱头一段，但最后就只剩下费德里科自己。"

洛尔卡对自己的天赋和西班牙当时不公正的社会所造成的职业的不稳定有十分清醒的认识。他决心在二十世纪二十年代的戏剧界开拓新路的举动就是有力的说明。这种职业的不稳定后来虽有所缓和，但直到一九三三年都没有消失。一九三三年《血的婚礼》的发表才使他的成就和才能得到了社会的认可。然而正如挫折未能削弱他的意志一样，成功也没有束缚他的手脚。

在二十年代的马德里，洛尔卡是享有很高的声誉的，但他活动的范围毕竟只限于当时的大学生公寓、具有文学沙龙性质的莱昂咖啡馆或《西方杂志》周围的知识分子当中。尽管这批年轻人有这样或那样的缺点，却使马德里成了欧洲艺术和思想界的大都会之一。当然，在他接触的人中也有一些是浮躁、浅薄和赶时髦的人。他们使马德里的文学界充斥着"说长道短""指桑骂槐""造谣诬陷""拉帮结伙"等不良风气。这使得洛尔卡"厌恶到了可怕的程度"。一九二八年《吉卜赛谣曲集》的出版取得了令人瞩目的成就,同时却又使他经受了平生最大的压抑。原因是复杂的,但其中之一是他看到自己被当作"时髦诗人"来摆弄,人们肆意歪曲他的诗作,玷污其诗作的纯洁性。这无疑是他一九二九年前往纽约的重要原因。在《诗人在纽约》的《三个朋友的童话和轮子》中有这样的诗句——"扇子和掌声在泉旁饮水"。就是说,诗歌不过是手持扇子的太太们和浅薄而又愚蠢的读者们手中的玩意儿。

共和国的诞生使洛尔卡得到了官方的支持。否则,茅屋剧团是难以成立的。演出和讲座使他成了具有人民性的作家,无论在知识界还是全社会都有广泛的影响,平民和贵族都喜爱并敬重他。然而他的根是扎在共和派中间的。他对自己的天职和使命是非常清楚的,没有把时间消耗在无谓的消遣中。他在自己的诗作中猛烈地抨击了纨绔子弟的无聊生活。作品的成功和演员气质的性格使洛尔卡与朋友们的聚会变成名副其实的节日,然而表面的欢乐并不能掩饰他内心的苦闷。正如维森特·阿莱克桑德雷所说:"他的形象的另一面并非所有的人都能看到,即高雅的费德里科的忧伤。在他青云直上的生涯中,人们很难猜想他的孤独和痛苦。"阿莱克桑德雷又说:"他的心灵并非盲目地快乐。他能享受宇宙间所有的快乐,但在他的内心深处,如同所有伟大的诗人一样,并不快乐。那些只看到他像五彩缤纷的鸟儿一样生活的人并不了解他。"阿莱克桑德雷的话可谓经验之谈,真正的艺术品一般是很难在快乐中产生的。

三

在加西亚·洛尔卡的诗歌中,人们可以觉察到三种截然不同的声音:死的声音、爱的声音和艺术的声音。

洛尔卡对死的态度是既脆弱又坚强,既恐惧又勇敢,关于死的题材具有极大的魅力。爱的声音在洛尔卡的作品中回荡得最长久,也最广泛,可以说是回荡在字里行间。阿莱克桑德雷说:"很少有人像他那样激情满怀,爱与痛每天都使那高贵的前额更加高贵。他爱得很深,这是某些浅薄的人不愿承认的品格。至于他为爱而痛苦,恐怕是无人知道的。"

洛尔卡不是自传性的诗人,因而在其诗作中找不到他的自我表白,然而要说对爱的吟咏,在西班牙诗坛上却很少有人能与他相比。无论在早期的《诗集》、中期的《诗人在纽约》还是晚期的《塔马里特短歌》及《十四行诗》中都不乏以爱为主题的名篇佳作。《诗人在纽约》中的《在芒通的童年》就是这样的作品。芒通是法国蓝色海岸的一个小村镇。小说家布拉斯科·伊瓦涅斯(1867—1928)曾住在那里。那是地中海宜人的所在,是恋人理想的氛围。这首诗的主题是恋人的背叛,不仅背叛了他,也背叛了他童年所包含的一切美好的可能性。诗中写道:

> 啊,是的,我爱。爱情啊!爱情!请让我如意随心。
> 在雪地上寻找农业之神麦穗的人们
> 或在天上阉割牲畜的人们,
> 解剖的诊所和森林,
> 不要封住我的双唇。

面对背叛的恋人,诗人将自己的内心冲突概括为普遍的现实。不公正的社会舆论和道德传统压抑着他,于是他的痛苦爆发了。他坚定不移地申明自己追求幸福的权利,谴责压迫人们的旧礼法的制定者和卫道士。诗中的麦穗象征着女性的冷漠,而贞洁要对人进行阉割,这是对旧礼教强烈的抨击和控诉。

在洛尔卡的诗歌中,艺术之声是与歌颂之声、抗议之声融为一体的。值得注意的是,他既不像现代主义诗人那样躲在象牙之塔里无病呻吟,也不像某些承诺主义诗人那样违心地屈从于某种政治团体的需要。

洛尔卡不属于任何党派。他是自觉、激进的自由主义者,他和社会主义者费尔南多·德·洛斯·里奥斯的友谊就是证明。《向罗马呐喊》表现了他对梵蒂冈的不满。当一九三四年十月的阿斯图里亚斯革命爆发两个月之后,他公开地申明自己的观点:

……在这个世界上,我一向并将永远站在穷苦人一边。永远站在一无所有的人一边,站在连空洞无物的安宁都没有的人一边。我们——我指的是在我们所谓舒适阶层的环境中受到教育的知识分子——正在接受付出牺牲的召唤。我们要接受这种召唤。在世界上,已不是人类的力量而是地球的力量在斗争。人们在天平上向我展示斗争的结果:一边是你的痛苦和牺牲,而另一边则是对所有人的正义,尽管它处在向一个已经出现但人们尚不认识的未来过渡的痛苦之中,但我会尽力将拳头放在后边这个秤盘上。

一九三五年他在一次会见时说:

有时,看到世界上所发生的事情,我扪心自问:我为什么而写作?不过总要工作罢了。工作和帮助值得帮助的人。工作,尽管明知道是白费力气。把工作当成抗议的一种形式。因为一个人的动力就是每天一醒来就向着充满各种苦难和不公正的社会呐喊：我抗议！抗议！抗议！

由此看来，他参加人民阵线的活动并不是偶然的。一九三六年四月，他对一个记者说："饥饿消失的那一天，世界将会产生人类空前的精神大解放。人类将无法想象大革命爆发的那一天的欢乐。"尽管他的话与社会主义的经典如出一辙，然而他却是个不折不扣的无党派人士，是个自觉的共和派。作为艺术家，他毫不犹豫地为第二共和国服务，但对当时的斯大林主义者控制他的企图却很反感。

就其作品的艺术性而言，洛尔卡有两个特点是非常突出的。一是他坚持走自己的路，不为时髦的潮流所左右。洛尔卡生活在两次世界大战之间，那正是要与传统彻底决裂的先锋派文学盛行的时代。他对待先锋派的态度是既不盲目追求也不盲目排斥，而是将先锋派的精华注入丰富的传统文化的基因之中，将继承与创新结合起来。因而他的作品既有人民性又有神秘感，既便于传播又耐人寻味。这是他与二十世纪其他作家在美学立场上的不同之处。二是他本人受到了极丰富的文化熏陶，他的作品具有极深厚的文化底蕴。在非西班牙语文学中，对他影响较大的有《圣经》、柏拉图的《对话》、埃斯库罗斯和希腊戏剧、莎士比亚（他最崇敬的作家）、莫里哀和艺术喜剧、意大利作家皮兰德娄、爱尔兰作家沁孤等；在西班牙文学中，整个黄金世纪，包括中世纪的名家，贝克尔、胡安·拉蒙·希梅内斯以及加利西亚语和葡萄牙语诗人对他都有影响。此外，他从小就受到口头文学的熏陶。许多人以为他天生具有诗人气质，因而像吉卜赛歌手一样，凭直觉写诗，这令他十分反感,当然也不符合事实。洛尔卡是西班牙文学史上最有文化修养的诗人之一。无论从形式上看还是从内容上看,洛尔卡的作品都是以深厚的文化底蕴为基础的。历史学家从他的作品中可以看到文化成分的转换,看到书面文化与口头文化的共生。洛尔卡虽然始终立足于现实,但有时却一跃而倒退许多年,从而使那些在人们心目中早已消失或沉睡的古老文化因素重新活跃起来。从这个意义上说,他将自己的诗歌深深地嵌入民族性之中,同时却又在摆脱民族性。因此,与同时代的诗人相比,他的诗歌更加神秘,却又更易于传播。

四

在洛尔卡的作品中,有几个题材是贯彻始终并相互交织在一起的,它们的核心是失望。这个主题在不同的层次上有不同的形式,不过可以肯定的是"失望"为洛尔卡的诗歌提供了基本的营养。正如剧本《观众》终场前那位导演所说:"真正的戏剧是一个由拱门构成的杂技场,空气、月亮和动物在那里出出进进,却没有一个可以休息的地方。"

这种失望反映在个体与社会两个不同的层面上。当然,这两个层面并非总是泾渭分明,而是互相渗透、互相制约的。洛尔卡在揭示历史与社会的苦闷时认为,其根源在于人世间不合理的等级制度。在反映个体的失望时,常常伴随着一种难以摆脱的厄运在肆虐于人的表达,这是性的挫折与毁灭,是对生命之根的阉割,是世界和人彻底的孤独。在《沃尔特·惠特曼的颂歌》的一句诗中,这两个层面交织在一起:"而生命不神圣,不美好,也不高尚。"

洛尔卡的可贵之处在于他能在两个完全不同的层面上塑造自己的诗歌世界。他并非马克思主义的历史乐观主义者,但却能使诗歌为被压迫者服务。当然他对压迫者与被压迫者的划分不是从严格的阶级分析出发的。诗中的被压迫者包括吉卜赛人、黑人、同性恋者、妓女、"在校长苍白的恐怖面前颤抖的孩子们"等。他塑造了宁可自我摧残也不愿卑怯地苟活于人世的人物形象,同时也表现了人们在死亡与毁灭的威胁面前的恐惧。但他本体的悲观并不表现个人在茫茫黑夜中的沉没,相反却鼓舞人们为"每天吃的面包"而劳作,使人义无反顾地正视现实并追求光明。这正是其两个不同层面的汇合点。

爱情是洛尔卡作品中的基本主题。与其他同时代的诗人不同,洛尔卡不是仇恨的诗人,也没有自我欣赏的表现。即使在他最气愤的时候,我们也可以感受到爱的存在和鼓舞:

> 爱情在被渴望撕裂的肉体
> 在与洪水抗争的茅草棚里。
> 爱情在堑壕,饥饿发怒的人们在那里搏斗,
> 爱情在痛苦的海洋——它在将海鸥的尸体摇荡,
> 爱情在枕头下面黑暗、刺人的吻上。

(《向罗马呐喊》)

在剧本《阿尔瓦之家》中,他将爱情与阶级矛盾交织在一起;在《坐愁红颜老》中,他塑造了一个充满爱心的女管家的形象,她对不公正有强烈的意识,因而使这个人物显得更加丰满和真实。仇恨与嫉妒也经常出现在诗人的笔下,他总是站在受害者一边,对受宪警迫害的吉卜赛人的同情就是最有力的证明。

洛尔卡对爱的吟咏有一个基本的出发点:爱的普遍性。在

剧本《蝴蝶的诱惑》的序言中,一位从莎士比亚的作品中逃出来的年迈的风神说道:

> ……诗人,告诉人类,爱情在生活的各个层面上有着相同的强度产生;告诉他们,遥远的星星与风儿摇荡的树叶有着同样的旋律,大海用同样的语调重复泉水在阴凉中所说的话;告诉人们,要谦虚,在自然界中万物都是一样的。

性爱在洛尔卡的作品中具有不可抑制的力量,在诗歌和戏剧中都是如此,这种爱一般具有悲剧性。《血的婚礼》《叶尔玛》以及《阿尔瓦之家》都是这样。从社会学的角度来分析,洛尔卡反映的是妇女在地中海文明中的地位;但这种地位与诗人的世界观是紧密联系在一起的,而且在这种绝望的后面同样隐藏着诗人自己的绝望,尽管他在剧作里也塑造了诸如《叶尔玛》中的洗衣妇、《血的婚礼》中的女仆等渴望情爱的女性。此外,值得注意的是在洛尔卡的作品中,女性明显地比男性突出,这是因为他要通过自己的作品反映被压迫者的处境。在他生活的时代,妇女无疑是受压迫最深的社会群体,这一点与新中国成立前的情况颇为相似。在那时,妇女的性爱被封建礼教压抑乃至阉割。当然,男性的绝望也并非没有,如《叶尔玛》中的丈夫,只是远不如女性那么强烈。

在诗歌中,这种对爱的抒发也是十分突出的。一种对爱情的绝望情绪贯穿在《诗集》和《歌集》中:

> 吉卜赛之星啊
> 将你的樱唇给我!
> 在中午金色的阳光下
> 我将品尝那禁果。

(《夏日情歌》)

但是到了《诗人在纽约》的时候,洛尔卡的情诗得到了充分的发挥。《沃尔特·惠特曼的颂歌》完整地体现了诗人的爱情哲学。他所主张的是一种泛爱论。他认为只要双方彼此爱慕就是有价值的:"人如果愿意,可以沿着珊瑚的枝杈/和天的裸体引导自己的情欲。"我们知道,爱与美的女神维纳斯是从珊瑚的枝杈中诞生的,而阿波罗则是天上的爱神,是男性,诗人在这里抒发的情感虽然不易被东方的读者理会,但其含义是显而易见的。既然认为"明天爱情将化作岩石而时间/将是一阵沿枝头吹来的沉睡的微风",他显然不把爱情与繁衍后代联系在一起。对他来说,重要的是爱,而对象的性别却是无关紧要的。这样的看法,在他生活的时代显然是过分"超前"了,他为此也付出了代价。他在《在芒通的童年》中写道:

>　　我曾给你爱的方式,阿波罗的人,
>　　和痴迷的夜莺结为伴侣的哭泣……

诗中的怀旧情绪有时会被袒露无余的性爱所代替:

>　　我将在维也纳和你
>　　跳舞,戴着一副
>　　头颅像河流一样的面具。
>　　你看我有风信子的河岸!
>　　我将嘴放在你的双腿之间……
>
>　　　　　　　　　　　　(《维也纳小华尔兹》)

洛尔卡诗中的爱情与柏拉图式的精神恋爱已有天壤之别,像聂鲁达和阿莱克桑德雷一样,他的爱也是实实在在的,是令人震颤的炽烈的肌体。在《塔马里特短歌》和《十四行

诗》中,这种痴情热恋随处可见:

> **谁也不了解你腹部**
> **阴暗玉兰的芳香。**
> **谁也没品尝你齿间**
> **爱的蜂鸟在震荡。**

(《意外之爱的短歌》)

在洛尔卡绝望的世界中,死亡起着十分突出的作用。然而在洛尔卡的观念中并没有对死的向往。恰恰相反,正是对生活炽烈的爱导致了他在黑暗中噩梦的产生。像洛尔卡那样歌颂生命之美的诗人是不多见的。对他来说,一个美的身躯犹如宇宙之谜。然而这种美时常受到毁灭的威胁。正如佩德罗·萨利纳斯所说:"洛尔卡是通过死的渠道来体验生的。"

对洛尔卡来说,死是人生的失误。《歌集》中的骑手知道他永远无法到达自己向往的科尔多瓦,致命的敌人从那里注视着他:"死神望着我/从科尔多瓦的塔顶。"诗人的弟弟弗朗西斯科曾写道:"对费德里科来说,死亡是惩罚,是欺骗,是半途而废,因为死神总是在生命的中途将人袭击,从某种意义上来说,死神总是凶手。"

弗朗西斯科认为,这就是为什么在其兄的作品中有那么多暴力的原因之所在。"暴力是死神真正的面孔。"在表现死亡的同时,诗人顺理成章地表现了另一个相关的题材:时间。从某种意义上说,时间则是死神的同谋或帮凶,因为他无时无刻不在消耗着生命,使人一步一步地接近死亡。这也是先锋派诗人所偏爱的题材之一。

像所有伟大的作家一样,洛尔卡也一直瞄准着现实,用自己的作品对现实进行解剖与概括。从思想上看,他是人道主义者,从美学上看,他反对"纯艺术"的主张,同时也拒绝所谓"革命诗歌"的承诺。我们无法用社会现实主义来界定他的诗歌,因为他超越了社会现实主义的范畴。其实,我们无法用任何一个"主义"来界定他的诗歌,因为他从未在任何一个"主义"上止步不前。实际上,像洛尔卡那样使自己的诗歌贴近革命的诗人是不多见的。从少年时代起,他就对丑恶的社会现实表现了愤怒。在《西班牙宪警谣》中对横行霸道的宪警的揭露和对备受欺凌的吉卜赛人的同情不仅使这首诗作化为永恒,或许还是法西斯分子剥夺他生命的原因之一。有人把这首谣曲与毕加索的名画《格尔尼卡》相提并论,不是没有道理的。在以艺术手段再现社会生活的高度上,它们的确是异曲同工。《诗人在纽约》虽然很难逐字逐句地诠释,但是对资本主义制度的揭露、对受社会压迫和种族歧视的劳动者的同情却是显而易见的。至于他的剧作,其社会意义和批判精神就更加一目了然了。

洛尔卡的作品色彩纷呈、内含丰富、难以尽述,以上不过是点一点几个突出的题材而已。

五

加西亚·洛尔卡在诗学方面有自己独到的见解。他认为他艺术的基本价值之一在于交流。因此,他不仅重视作品的创作,也重视作品的传播;不仅重视作品的美学思想,也重视作品的社会功能。在诗歌的传播方面,他不仅重视出版,也重视讲座和朗诵。然而洛尔卡所说的交流与传统的现实主义美学无关,早在为《印象与风景》作序时,他就写道:"诗歌存在于万物之中,无论美的、丑的,还是互相矛盾的;问题是要善于发现它,善于搅动灵魂中那深深的湖水。"

写这段话的时候,他还是"小荷才露尖尖角"。十八年后,他已是闻名遐迩的作家,又一次阐述了自己对诗歌的看法:"诗歌是一种漫步街头的东西。它在动,它走过我们的身边。任何事物都有自己的神秘,而诗歌是一切事物共有的神秘。它会从一个人身边走过,它会注视一个女人,它会猜测一条溜掉的狗,人世万物都有诗歌。"

对洛尔卡来说,诗歌神秘而又简单。当他写《诗人在纽约》的时候,他"不是从外部诉说纽约,也不是描述一次旅行",而是表述"情感的反应"。这就是说,他所表达的是自己对那座大都市的理解而不是大都市本身。他不是用诗歌表现现实,而是对现实进行诗的转化;不是将它转化为非现实,而是将它转化为超现实,他正是从这个超现实的世界中摄取自己创作的素材。洛尔卡在一九三三年写的《精灵的游戏和理论》中将这种转化归纳为三个步骤:缪斯—天使—精灵。缪斯是智慧,她可以解释贡戈拉的诗歌;天使是灵感,她产生了加尔西拉索·德·拉·维加的作品;精灵是缪斯与灵感结合的产物。

这种艺术观点显然超出了现实主义美学的范畴。诗人要正视心灵中的隐私。在洛尔卡看来,圣黛莱沙就是这样的典型,她的精灵"企图杀死她,因为她窃取了其精灵最后的秘密,那是一座精心营造的桥,它在活的肌体、活的云彩和活的海洋上将五种感官与从时间中解放出来的爱的中枢连接起来"。这样的诗歌所揭示的是深层次的现实,是实质性的因素。它的主要艺术手段是象征。

从内容上说,这样的作品似乎玄而又玄,其实并不难理解,因为它所要表述的无非是"爱和理解"或"被爱与被理解"。从形式上说,它总是新颖的,因为"精灵的出现预示着对旧层次上所有形式的根本改变,预示着前所未有的新鲜情感的产生"。

了解了洛尔卡的美学主张,就不难理解他为什么会像画坛上的毕加索一样,对艺术风格的创新永不停顿地孜孜以求。对洛尔卡来说,这种创新是不会重复的,因为"同一个精灵不会重复出现,就像风暴中的大海的形体一样"。这正是为什么洛尔卡的作品各不相同的根本原因。《深歌》与《诗人在纽约》是多么不同,《五年就这样过去》与《阿尔瓦之家》又是何等的不一样。这就使加西亚·洛尔卡成了西班牙二十世纪独一无二的诗人,成了巴洛克和文艺复兴时期伟大天才们的继承者。

在诗歌语言方面,洛尔卡显然继承了马拉美为现代抒情诗所开辟的道路。他认为"灵感产生意象,而不产生服饰",又说他"将爱献给语汇,而不是献给声音"。

豪尔赫·纪廉也记得洛尔卡对圣胡安·德·拉·克鲁斯的意象的偏爱,在一次关于精灵的讲座结尾时,他说:"贡戈拉的缪斯和加尔西拉索的天使都要放下桂冠,当圣胡安·德·拉·克鲁斯的精灵经过时,当'受伤的小鹿/在小丘旁露头'。"

虽然从表面上看,洛尔卡的诗论与某些超现实主义者关于诗歌需要"惊人之笔"的信条颇为相似,它们的根源却是完全不同的。洛尔卡的诗歌理论是独特而且自成体系的。他始终认为,"对艺术,从来都必须付出代价"。他和圣胡安一样,会让诗的精灵"像剑一样刺人心灵"。他在一九三二年为赫拉尔多·迭戈的诗选作序时说:"如果说我确实受到了上帝——抑或是魔鬼——的恩宠而成了诗人,那么我同样也因为受到了技巧和功夫的恩宠而成了诗人,因为我绝不辜负任何一首诗。"

不少人以为洛尔卡是天才的诗人,因而就"得来全不费功夫"。这完全是一种误解。他反复修改的手稿就是有力的证明。

六

洛尔卡是一位早熟的诗人。他的第一部诗集无疑具有现代主义的痕迹。在他创作的初期,也受到了胡安·拉蒙·希梅内斯的影响。但到了《深歌》发表的时候,他已然成熟。洛尔卡的语言不是概念化的,而是具体的,富有感情色彩的。他的比喻是人格化的,而且常常采用联觉的形式。在一次"关于贡戈拉诗歌意象"的讲座中,他说:"诗人应是五种感觉的先知,其顺序应当是视觉、触觉、听觉、嗅觉和味觉。"

他诗歌的意象中,的确常常将这五种感觉联系起来,从而给人一种非常新奇的感受,"绿色的风"是如此,将月亮比喻成"白色的乌龟"也是如此。在《他玛与暗嫩》中,为了表现暗嫩的焦躁不安,他将这种情绪变成了看得见、摸得着的形象,他写道:"整个卧室都在受苦/他的眼中长满了翅膀。"

在意象的运用方面,洛尔卡显然继承了巴洛克大师贡戈拉的传统。在前面所引的同一首诗中,有这样的诗句:"温和的珊瑚/在金色地图上描画着小溪。"这里有三个非常清晰的意象:珊瑚无疑指的是他玛的血液,金色的地图指的是她的身躯,小溪当是她的血管。但洛尔卡的作品并非总是这样明白如画,有时简直深奥得令人费解,然而这种深奥却不是诗人的随心所欲造成的,它遵循着一定的内在规律。如《井中淹死的女孩》中有这样的诗句:"长着眼睛的塑像在棺材的黑暗中受苦……"如果我们仔细分析一下:只有死人才能像塑像一样,而且是在棺材的黑暗中受苦,其实这和人们所说的超现实主义毫无关系,完全是诗人合乎逻辑的想象。又如在《苦根之歌》中有这样的诗句:"天上有成千上万的窗口/青紫色的蜜蜂在战斗。"诗人显然是将天空想象成了蜂房,闪烁的繁星宛似忙碌的蜜蜂一样。洛尔卡像贡戈拉一样,也喜欢比喻的引申,尽管他不像黄金世纪的巴洛克大师那样漫无边际。在《被传讯者谣》中有如下的诗句:

水中雄壮的耕牛
将那些小伙子攻击,
他们沐浴在
它们波动的犄角的月亮里。

在第一句诗里,洛尔卡利用了民间流传的一个形象,以显示水的力量。前两句的意思是:河水"攻击"沐浴的年轻人。后两句的意思就有些复杂了。如果水是耕牛,它的角在波动并变成了月亮(隐喻浪花),这就有了贡戈拉《孤独》开头的影子,即欧罗巴被牛掳走时的情景:"额头上的武器是半个月亮。"后来这个意象在《致伊格纳西奥·桑切斯·梅希亚斯的挽歌》中又得到了发展:"让他消失在月亮的圆形的广场/当静止的公牛装得像伤心的少女一样……"

这是个巴洛克的隐喻。从某种意义上说,它比贡戈拉的作品还难懂,因为洛尔卡已不像贡戈拉那样,将自己局限在神话或文艺复兴传统的范畴之内。但他植根于巴洛克文学,这是毫无疑问的。请看《米迦勒》里的诗句:

> 米迦勒,球
> 和奇数之王,
> 沐浴着第一批
> 柏柏尔人的呐喊和目光。

称米迦勒为球的国王是因为在这个节日里,要进行彩票的"抽球"仪式;称他为奇数之王,因为他的节日恰好是九月二十九日,两个数字都是奇数。这样的引申,一个中国的读者,如果不借助西班牙专家的诠释,是很难理解的。译者最初翻译这些诗句时,也是知其然而不知其所以然。至今,有些诗句,依然如此,想研究而查不到资料,要咨询又找不到专家;下笔时虽如履薄冰,仍难免一次次失足落水。希望读者能理解译者的苦衷并赐教。

洛尔卡是编织意象、浓缩诗句的巨匠。如

> 锤声歌唱
> 在梦游的铁砧上,
> 骑手和马儿
> 难以入梦乡。

这四句诗引自《被传讯者谣》,与前面引过的四句紧紧相接。诗句十分精练,似乎没什么新奇之处。然而要把它们联系起来思考,便不那么简单了。首先,铁锤和铁砧、马儿和骑手是两对互为依存而且十分相似的形象;其次,马儿和骑手正是奔向铁锤与铁砧的所在,因为那是锻造马蹄铁的地方;此外,从铁锤与铁砧夜以继日地敲打,还可联想到马儿与骑手夜以继日地奔驰。

在《梦游谣》中有两句诗:"水在那些/月亮的栏杆上荡漾。"将这两句诗放在全诗中揣摩,就不难想象:月光照耀着栏杆,下面有一个水池,水面荡漾,显然是因为那位吉卜赛姑娘跳下去了,当她遍体鳞伤的情人到来的时候,悲剧已经酿成,只有"绿色的风"还在吹,"绿色的树枝"还在摇晃。

这种浓缩意象的技巧虽与巴洛克有关,却不是从贡戈拉那里继承来的,因为后者的诗句恰恰相反,风格华丽甚至颇有过分堆砌之嫌。洛尔卡在作品中尽量避免单调的重复,有时只需一两个词组或比喻,整个段落的意思就不言自明了。这样的技巧在《吉卜赛谣曲集》中最为常见。比如在《漂亮姑娘与风》中有这样的诗句:

　　水的吉卜赛人
　　在岸边消遣游逛,
　　竖起青松的枝条
　　搭起贝壳的小房。

令人费解的是第一句"水的吉卜赛人",这可能是将酷爱自由的吉卜赛人与水中的鱼儿联系起来了,这样的联想是不熟悉吉卜赛人的中国读者很难体会的。后面的两句,显然是"漂亮姑娘"在海滩上边走边玩的情景。可见洛尔卡并非随心所欲地将毫不相关的意象焊接起来,而是以现实生活为依据。

在谈到贡戈拉的时候,洛尔卡曾说他"通过想象纵马一跃,便将两个对立的世界联系起来"。他自己也是这样,比如在《西班牙宪警谣》中有这样两句诗:"一阵漫长的喊声/在风标上飞腾。"在这里,他将由于宪警的到来而惊慌失措的吉卜赛人的叫喊与塔楼上风标联系起来了。又如在《月亮,月亮谣曲》中,他通过马蹄将平原与对吉卜赛人的追捕联系起来:"骑手正在靠近/敲着平原的鼓点。"在这两句诗里,洛尔卡将视觉和听觉联系起来;而在"利刃的花朵多么芬芳"(《骑手之歌》)中,他将视觉与嗅觉联系起来,诗中的花朵是指从身体里涌出的鲜血。在《不贞之妇》中,他又将视觉、嗅觉与触觉有机地结合在一起:

> 在最偏僻的角落
> 我抚摩她熟睡的乳房。
> 它们顿时为我开放
> 宛似风信子的花儿一样。

洛尔卡的语言具有浓厚的象征色彩,这是他与贡戈拉诗歌的不同点之一。比如,在《西班牙宪警谣》中有这样的诗句:"他们突发奇想,/天空像马刺的橱窗。"星星变成了马刺。或许马刺的银白色与星星相吻合,或许是星星的圆点与马刺的尖端相类似。总之,是使两个互不相关的事物发生了联系,从而使宪警们所造成的恐怖跃然纸上。

在此,我想介绍几个洛尔卡常用的几个象征,供读者们参考。

月亮是洛尔卡最常用的象征。与浪漫主义诗人以及希梅内斯、安东尼奥·马查多等人不同,洛尔卡对月亮赋予了多重的含义。正如阿尔瓦雷斯·德·米兰达在《比喻与神话》中所指出的,这个形象也如同"水"和"血"一样,植根于古代思维和原始宗教之中。在现代诗人中,只有米格尔·埃尔南德斯也常常将这个形象镶嵌在自己的诗句中。洛尔卡对月亮的比喻是多种多样的,如"南方的肥蛇""灰绿色的独角兽""晚香玉""奶牛"等。月亮可以是"生"或"死"的象征,因为它也有出生、成长和消失。月亮也是爱神厄洛斯的象征。在《他玛与暗嫩》中,月亮又变成了女性所照的镜子:

> 暗嫩仰头观望
> 又圆又低的月亮,
> 他在月亮上看到
> 妹妹鼓鼓的乳房。

对洛尔卡来说,月亮还是美的象征。从这个意义上说,与我们传统诗歌中的意象颇为相似。

水的形象也和月亮一样,是洛尔卡诗中一个重要的具有多重含义的象征。它既能象征性爱,也能象征死亡。在《叶尔玛》的第三幕第二场中,有一个庙会狂欢的场面,其中戴面具的"雌性"唱道:

> 在山区的河水里
> 伤心的妻子在沐浴,
> 水中的一只只蜗牛
> 爬上她的身躯。
> 岸上的沙粒
> 和山间的风
> 燃烧天的笑容,
> 使她的脊背抖动。
> 她"处女"的裸体啊
> 沐浴在水中!

在这部剧作中,庙会的狂欢实际上是那些没怀过孕的妻子和光棍汉们野合的机会,所以在这段歌词的开始用"伤心的妻子",而在结束时用"'处女'的裸体"。如果我们稍加揣摩,"水"的含义是不难体会的。至于在《血的婚礼》中,新娘说,她抛弃的丈夫只是一点水,而将她抢走的莱奥纳多则是"大海的冲击",其寓意就更清楚了。如果水可以象征性爱和生命,可以带来快乐与激情,它同样可以带来压抑和死亡:

> 长着眼睛的塑像在棺材的黑暗中受苦,
> 但无处流淌的水使它们更加悲伤。
> ……无处流淌。
>
> (《井中淹死的女孩》)

血是又一个令洛尔卡痴迷的主题。血是生命的象征。它将繁衍、性爱和生育结合在一起。在《血的婚礼》中,母亲说:"当我看到儿子时,他已倒在街上。我的双手沾满了血,我是用舌头舔净的。因为那是我的血。你不懂那是怎么一回事。我真想把那浸透鲜血的土放在水晶和黄玉的圣体匣里。"

这段话主要是从繁衍后代的层次上说的。在《他玛与暗嫩》中,性爱是通过少女"失身"时吉卜赛少女们的叫嚷表现出来的:

> 在他玛的身旁
> 吉卜赛少女们在叫嚷
> 还有的在收集
> 她被摧残的花朵的血滴。

马是洛尔卡运用最多的动物形象。《吉卜赛谣曲集》中可以听到它的奔驰,《诗人在纽约》中可以看到它的身影。它出现在《血的婚礼》里,也出现在《观众》中。它是生命的象征,骑手失去了它也就失去了生命,然而生和死是相反相成的两个端点,因此它也可以带来死亡,强盗和宪警的马都是如此。在《不贞之妇》里，诗人将那位吉卜赛姑娘比作小母马："那一夜我跑过了/世上最好的路程,/骑着螺钿的小母马/不用镫也不用缰绳。"至于《阿尔瓦之家》中的马,更是激情与性爱的象征。

洛尔卡常用的象征还有花草和金属。尤其是后者,往往与死亡联系在一起,因为它是打制匕首和利刃的原材料。

此外,他还经常在诗中运用神话传说和典故,尤其是《圣经》中的典故。如《致伊格纳西奥·桑切斯·梅希亚斯的挽歌》中有这样的诗句:

> 我不想看那鲜血流淌!
>
> 没有圣杯将它存放,
>
> 没有燕子将它品尝,
>
> 没有闪光的冰霜将它冷藏,
>
> 没有歌声和盛开的百合,
>
> 没有玻璃为它披上银装。

诗人在这里显然是将伊格纳西奥与受难基督的形象联系在一起了。类似的例子在他的剧作里也屡见不鲜。值得一提的是他的故乡——安达卢西亚为他提供了一个巨大的神话空间。从某种意义上说,安达卢西亚对于加西亚·洛尔卡,就如同马孔多对于加西亚·马尔克斯、约克纳帕塔法对于福克纳一样。如果说,加西亚·洛尔卡是西班牙当代诗坛的一部神话,那么他首先是一部安达卢西亚的神话。

赵 振 江

于北京大学

诗　　集（选十八）

（1918—1920）

蜗牛奇遇

一九一八年十二月
格拉纳达

致拉蒙·P.罗达

平静的早晨,
童年的温馨。
树木的手臂
向大地延伸。
呵气的浮动
笼罩播种的田垄,
蜘蛛丝绸的路径
向四外扩充——
一条条细线伸向空气
纯洁的水晶。
　　在杨树林里
泉水在草丛中
发出吟诵的歌声。
那蜗牛,小径上

和平的资产者
在观赏风景
无知而又谦恭。
大自然
神圣的平静
给了他勇气和信念,
将自家的苦难
全然忘在一边,要去看
那条路的终点。

它开始行动,
深入常春藤
和荨麻丛。
两只年迈的青蛙
在那里晒太阳
烦闷而且在生病。

其中一只喃喃说道:
"这些现代的歌声没用。"
"朋友,统统没用。"
另一只回答,她身体
有伤,几乎双目失明。
"年轻时以为
上帝终究会倾听
我们的歌声
并会将我们同情。

如今我的学识——
因为我已是高龄,
使我不再憧憬。
我已没有歌声……"

两只青蛙在抱怨
并向一只年轻的青蛙
乞怜,她正
自鸣得意地
将青草拨向两边。

面对阴暗的树林
蜗牛心中打战,
想叫喊却又不敢。
青蛙走近他的跟前。

"是一只蝴蝶吗?"
几乎失明的青蛙问道。
另一只回答:
"他有两只角。"
"是蜗牛。蜗牛
你来自何处?"

"我来自我的家
并想尽快地回去。"
"是个胆小鬼。"

失明的青蛙叫嚷。
"你不歌唱?"
"不歌唱。"蜗牛答道。
"也不祈祷?"
"没学过,也不祈祷。"
"连永生也不相信吗?"
"什么是永生?"
　"就是长生不老
在最平静的水里,
在鲜花盛开的岸旁
有佳肴美味来滋养。"

"小时候,有一天
可怜的祖母对我讲
当我死的时候
要在最高大的树林
最鲜嫩的叶子上。"

两只青蛙愤怒无比:
"你祖母是个叛逆。
我们告诉你真理,
你要坚信不疑。"

"我为什么要看这条路?"
蜗牛呻吟着说:
"对你们所说的永生

我绝对信得过……"
　　　　　两只青蛙
带着深深的思考远去。
蜗牛惊叹不已,
消失在森林里。

两只乞讨的青蛙
像斯芬克斯一样。
其中一只问道:
"你可相信永生的思想?"
"我,不。"受伤
而又失明的青蛙
回答,表情多么凄凉。
"那我们为什么
叫蜗牛相信?"
"为什么?不知道。"
失明的青蛙讲。
"当我感到孩子们
坚定不移,从水渠里
呼唤上帝,
我就会激动无比……"

可怜的蜗牛
向后退去。小路上
一阵波动的沉寂
在杨树林中流溢。

他正好与一群
肉色的蚂蚁相遇。
他们乱纷纷地
拖着另一只蚂蚁
已经折断了触须。
蜗牛叫道：
"蚂蚁们，耐心一点，
为什么这样慢待
你们自己的伙伴？
告诉我他有什么过失，
我会理智地评判。
你，小蚂蚁，对我说说看。"

那只半死的蚂蚁
满怀忧伤的心情：
"我看见了星星。"
不安的蚁群，异口同声：
"什么是星星？"
蜗牛思考着询问：
"什么是星星？"
那只蚂蚁又说：
"是的，我看见了星星。
我爬上杨树林中
最高的树顶，
看见黑暗中
有千万只眼睛。"

蜗牛接着问道:
"可什么是星星?"
"就是我们头上
顶着的灯笼。"
"我们没看见!"
蚂蚁们纷纷说明。
蜗牛说:"我的眼睛
只能看到草丛。"

蚂蚁们一齐喊叫
摇晃着两只触角:
"劳动才是你的信条。
你又懒又坏,
我们要将你杀掉。"

"我看到了星星。"
受伤的蚂蚁说道。
蜗牛出来评理:
"你们干自己的活计,
让他走自己的路。
他会很快地
因劳累而死去。"

从温柔的空气中
飞过来一只蜜蜂。
垂死挣扎的蚂蚁

嗅着黄昏的天空：
"他是来带我
攀上一颗星星。"

看见他已经死掉
蚂蚁们逃之夭夭。

蜗牛一边叹息
一边慌忙地离去，
对于"永生"的话题
心中充满疑虑。
他叫道："这条道路无穷，
难道它直通星星。
但是我的笨拙
使我无法到达。
还是别去想它。"

由于落日和雾气
一切都变得苍茫。
远处传来的钟声
呼唤人们去教堂。
那只蜗牛，小路上
和平的资产者
在将风景观赏，
困惑而又彷徨。

秋 歌

一九一八年十一月
格拉纳达

今天我心中
感到星星隐隐的颤动,
可是我的道路
却在雾的灵魂中失踪。
光芒将我的翅膀折断
而我的哀怨
将记忆弄湿
在思想的源泉。

所有的玫瑰都是白色
而白色就像我们的忧伤,
其实玫瑰并非白色
而是雪花落在她们身上。
原先她们有彩虹。
雪花也落在心灵。
心灵的雪有一团团亲吻

和一团团的场景
沉没在阴影
或思念她们的人的光明。
玫瑰上的雪落去
而心灵上的雪却留住，
和岁月的利爪一起
织成裹尸的麻布。

当死神将我们带走
雪会不会融化？
或者会有另一场雪
和另一些更完美的雪花？

和平将与我们同在
像基督对我们的教化？
还是这个问题
永远得不到回答？

爱神是不是在将我们蒙哄？
谁会鼓舞我们的生命
既然黄昏使我们陷入
真正的科学之中，
或许善并不存在
而恶却在身边跳动？

倘若希望破灭，

巴别塔也开始塌方，
又有什么样的灯塔
能把地上的路照亮？

如果蓝色是一个梦想
纯贞又将怎样？
如果爱神失去了箭
心灵会多么悲伤？

如果死亡就是死亡
诗人将会怎样？
还有那些昏睡的事物
人们早将它们遗忘？
啊，希望的太阳！
清澈的水！新生的月亮！
岩石粗犷的灵魂！
孩子们的心房！
今天我心中感到星星的跳荡
而所有的玫瑰都是白色
宛似我的忧伤。

风 标

一九二〇年七月
富恩特巴克罗斯
格拉纳达

南方的风,
黝黑,滚烫,
吹拂我的肌体,
给我带来
炯炯目光的种子
饱含着橘花的芳香。

你染红了月亮,
使被俘的白杨
抽泣,但是
你来得太迟了!
我已将自己的传奇之夜
卷起,放在书架上!

竟没有一丝风,

莫对我无动于衷!
心灵啊,转动,
转动吧,心灵。

北方的风。
雪白的熊!
吹拂我的肌体,
闪着北极的黎明,
身披幽灵的斗篷
向但丁的呐喊
投诚。
啊,你使星星纯净!
然而你来得太迟了!
我的柜橱长满了苔藓
而且钥匙已失踪。

竟没有一丝风,
莫对我无动于衷!
心灵啊,转动,
转动吧,心灵。

微风,矮小的精灵
和不知来自何处的风,
花瓣呈金字塔形
玫瑰的蚊蝇,
在粗大树林之间

自立的信风,
暴风雨中的笛声,
请你们放开我!
我的记忆
戴着严酷的锁链
而鸟儿已被俘获——
它正描绘着暮色
用抖颤的啼鸣。

世人皆知
往事难再生,
清风中
抱怨又有何用。
对吗,山杨,清风的导师?
抱怨又有何用!

竟没有一丝风,
莫对我无动于衷!
心灵啊,转动,
转动吧,心灵。

伤 心 谣

——小诗

一九一八年四月
格拉纳达

我的心像一只蝴蝶!
草地上可爱的孩子们,
她被时间灰色的蜘蛛捕获
带着觉悟致命的花粉。

草地上可爱的孩子们,
小时候我像你们一样歌唱,
放出我的猎隼
可怕的利爪像猫儿一样。
走过卡塔赫纳花园
回忆节日的狂欢,
失去了我幸福的戒指
当走过想象的小溪的旁边。

五月里一个凉爽的傍晚

我颇有绅士遗风,
在我受伤的心中
她是一个难解的谜,
她是一颗蓝色的星。
那是蝴蝶草的星期日,
我缓缓奔向天空。
我见她亲手将百合采下
没去采石竹和玫瑰花。

草地上可爱的孩子们,
我一直焦躁不宁,
谣曲中的她使我
陷入清晰的梦境。
谁会是五月里
采石竹与玫瑰的姑娘?
为什么只有孩子们会看见她
骑在珀迦索斯①的背上?
她可是我们不揣冒昧
一再伤心地管她叫明星的姑娘?
我们请求她出来
到田野上跳舞歌唱?……

草地上可爱的孩子们,

---

① 珀迦索斯,希腊神话中生有双翼的神骏,升天后成为宙斯的坐骑。它的蹄子踏过的地方常有泉水涌出,诗人能从中获得灵感。

我在童年的四月里歌唱,
谣曲中的她不可进入
珀迦索斯在那里飞翔。
我在夜晚讲述
朦胧的爱的悲伤,
月亮多么调皮,
微笑挂在嘴旁!
谁是那个五月里
采石竹和玫瑰的姑娘?
那姑娘,多么漂亮,
她母亲让她做了新娘,
她的失败将睡在
哪个坟墓阴暗的角落上?

我独自守着陌生的爱情,
没有哭泣,没有心灵,
面向天上不可能建筑的屋顶
只靠一个伟大的太阳支撑。

草地上可爱的孩子们,
如此严重的痛苦使我失去了阳光!
温柔的心
牢记着逝去的岁月……
谁是五月里
采石竹和玫瑰的姑娘?

明 天

一九一八年七月
富恩特巴克罗斯
格拉纳达

致费尔南多·马尔切希

水的歌声
永恒的事情。

沁人肺腑的唾液
使田野获得收成。
诗人的血
他们使自己的心灵
消失在大自然
一条条小径。

当她从悬岩冒出
会将怎样地和谐洋溢!
流入人群里

带着动听的旋律。

清晨多么明亮。
家家升起炊烟
炊烟的手臂
升起雾的帐幔。

请听水的谣曲
回荡在山杨林中,
没有翅膀的鸟儿
消失在碧绿的草丛!

唱歌的树木
折断并已枯干。
宁静的山峦
会变成平原。
可水的歌声
是永恒的事情。

她是浪漫的幻想曲
变成的光芒。
她坚定而又从容
温柔并充满天空,
她是永恒清晨的玫瑰
又是迷雾茫茫。
她是月亮的蜜汁

在被埋葬的星星中流淌。
什么是神圣的洗礼
就是上帝
将他美妙的血
化成的水
涂抹在我们的前额上。
从某种意义而言
星星休息在她的浪花上面。
从某种意义而言
维纳斯母亲
诞生在她的怀抱里边。
我们畅饮爱情
当我们畅饮清泉。
一切温柔和神圣
都是流淌的爱情，
她是世界的生命
又是世界的魂灵。

她带着人类
口中的秘密，
当我们将她亲吻
干渴便被除去。
她是盛着亲吻的宝箱
而嘴巴都已合上。
她是心灵的姊妹
是永远被俘的姑娘。

基督应对我们说:
"你们是不是向水
倾吐了所有的苦痛
倾吐了全部恶行。
兄弟们啊,还有谁比她更好?
为了倾听我们的憧憬
她穿着洁白的衣裙
袅袅升上天空。"

没有完美的佳境
像隐水那样
使我们重返童年
使我们变得善良:
我们的忧伤
会过去,重新将
玫瑰的花环
戴在脖颈上。
目光消失在金色的领域。
神圣的命运啊
没有什么人不了解你!
多少人在甜蜜的水里
将自己的灵魂洗涤,
任何事物也无法
与你神圣的两岸相比
倘若深深的忧伤
给我们插上它的羽翼。

魂　影

一九一九年十二月
马德里

我灵魂的影子
沿着字母表的黄昏
逃遁,语言
和书本的迷雾沉沉。

我灵魂的阴影!

我抵达这样的境界
那里中断了怀念之情,
哭泣的泪滴,心灵的结晶,
它在变换自己的面容。

(我灵魂的阴影!)

痛苦的棉团
消耗殆尽

但理智尚在
精华犹存:
它属于我昔日
中午的双唇和眼神。

朦胧的繁星
纷乱的迷宫
使我几乎枯萎的思绪
纠缠不清。

我灵魂的阴影!

一种幻觉
榨取我的眼睛。
我看见了那个字眼:
崩溃的爱情。

夜莺啊!
夜莺!
可还在啼鸣?

如果我的手能将叶子摘取

一九一九年十一月十日
格拉纳达

我将你的名字呼唤
在漆黑的夜晚
当星星到月亮上
去饮水
当隐蔽叶子的枝条
已经入睡。
我感到胸中空洞
缺少音乐和激情。
疯狂的钟摆在歌唱
古老死去的时光。

我将你的名字呼唤
在漆黑的夜晚,
我觉得你的名字
从没有这么遥远。
比任何星星都遥远,

比细雨还要伤感。

我会不会像当年
那样爱你？
难道有什么过失在我心中？
既然云雾已经消散
我还等什么别的激情？
它纯洁而又平和？
啊,要是我的手指
能将月亮的叶子摘净！

宝　石

一九二〇年十一月
格拉纳达

一颗星星的宝石
深深划破了天空,
光的鸟儿
要逃出宇宙的樊笼,
要离开囚禁它
那座巨大的巢房
却不知有一条锁链
锁在脖子上。

不人道的猎手
在捕捉星星,
银锭铸成的天鹅
在寂静的水中。

山杨树似的儿童
在将课本背诵。

先生是一棵老山杨
将年迈的手臂缓缓地挥动。

现在,在遥远的山上,
所有死人都在玩
纸牌。基地里的生命
真让人悲伤!

青蛙啊,开始你的歌唱!
蟋蟀啊,爬出你的洞穴!
用你们的短笛
使林中的歌声嘹亮。
我不安地走在
回家的路上。

在我的记忆中
两只田野的鸽子在飞翔。
白昼的厔车沉没
在天边,在远方。
它的转动多么令人惊慌!

夏日情歌

一九二〇年八月
苏哈伊拉谷地

吉卜赛之星啊
将你的樱唇给我!
在中午金色的阳光下
我将品尝那禁果。

一座摩尔人的塔楼
在山坡绿色的橄榄林中
具有你村姑的肤色
味道似蜜汁和黎明。

你在晒黑的身体上
将圣餐献给我,
它给风以明亮的星
给平静的河床以花朵。

黑色之光啊,你怎样

献出了自己？为何赋予我
充满爱意的百合花蒂
和双乳的喃喃细语？

难道由于我忧伤的表情？
(啊,我笨拙的举动!)
还是我的生命令你同情
因为它枯萎了歌声？

在爱恋中你为何不喜欢
农夫圣克里托瓦的大腿
而喜欢我的呻吟,它们
缓慢美妙而又热汗淋淋？

森林女神啊,你对我
像索命的快乐仙女一样①。
你亲吻的芳香
像夏天的小麦金黄。

你用歌声搅乱我的目光。
让自己的秀发
像整洁的披巾
铺在洒满阴影的地上。

---

① 原文中指希腊神话中埃及王达那俄斯的女儿达那伊得斯,她们姐妹共五十人。除许珀耳涅斯特拉之外,其余四十九人均奉父命在新婚之夜将丈夫杀死。

你用淌血的口
为我描绘一片爱的天空
在肌体的背景上
描绘出紫色痛苦的星星。

我的安达卢西亚神马①
被囚禁在你睁大的眼睛,
当看到它们死去
沉思而又绝望地飞腾。

即使你不爱我,我也不改初衷,
我爱你忧郁的眼睛
宛似云雀,仅仅为了露水
而热爱黎明。

吉卜赛之星啊
将你的樱唇给我!
让我在明媚的中午
品尝那禁果。

---

① 原文中指希腊神话中生有双翼的神马珀迦索斯。

新　歌

一九二〇年八月
苏哈伊拉谷地

傍晚说：
"我渴望黄昏！"
月亮说："我渴望星星。"
要求双唇的是清泉，
要求叹息的是风。

我渴望欢笑和芳香。
渴望新的歌唱
没有死去的爱情，
看不见百合与月亮。

一种明天的歌唱
将未来平静的水流激荡。
让它的涟漪和泥浆
都充满希望。

一种充满思考
光辉而又文静的歌唱
抒发天真的苦闷和忧伤
抒发天真的梦想。

那歌唱没有多情的肌体,
它使笑声充满静寂。
(一群盲目的雌鸽
纷纷向神秘冲去。)

那歌声飞向万物的魂灵,
飞向风的魂灵,
它终于停在
永恒之心的快乐中。

黎 明

一九一九年四月
格拉纳达

我压抑的心灵
伴随晨曦的升起
感受到爱情的悲痛
和遥远的梦境。
黎明的曙光
带来思念的温床
和心灵深处
那盲目的忧伤。
黑夜巨大的坟墓
撤去黑色的纱帐
为了用白昼
掩盖高空无限的星光。

我为何在这样的田野上
采集树枝和鸟儿的巢房?
黑夜充满心灵

曙光围绕身旁!
如果你的眼睛
在明星的照耀下失去了光芒,
如果我的肌体感觉不到
你目光的热量,我将会怎样!
我为什么在清晰的黄昏
永远地失去了你的身影?
今天我的心已经枯萎
像一颗失去光芒的星星。

预 感

一九二〇年八月
苏哈伊拉谷地

预感
是灵魂
对神秘的测量。
是心灵的嗅觉,
是盲人
在时间的黑暗中
探索的手杖。

昨天是枯萎,
是储存在
记忆里的情感
和墓地。

前天
是死去的东西。
是脱缰的珀迦索斯

垂死思想的坑穴,
是记忆的草丛,
是荒漠
消失在
梦想的迷雾中。

任何事物
也无法打乱流逝的世纪。
我们甚至
无法从古老中
抽出一丝叹息。
过去穿上了铁衣
并将风的棉絮
塞进耳里。
谁也无法
挖掘它的秘密。

它多少世纪的肌体
和凋谢的思想
不会在胚胎中献上
渴望的心灵
所需要的酒浆。

然而未来的孩子
当他在
布满星星的床上玩耍

会告诉我们一个秘密。
当然,骗他也容易;
所以,让我们给他
温柔的胸怀,
因为当他睡熟时
预感的鼹鼠
会悄悄地将他的铃鼓
给我们拿来。

月 亮 谣

一九二〇年八月

白色的乌龟,
昏睡的月亮,
你在怎样缓缓地爬行!
闭上一面
阴暗的眼帘
宛似考古者的眸子
一样观看。
或许因为……
(撒旦是独眼)
圣者的残疾
对无政府主义者
是生动的教育。
耶和华习惯
用你死去的双眼
和敌视他的士兵们的头颅
耕种自己的庄园。
神圣的面孔

用冷雾

织成的头巾

严格地调控

给白昼

金色的乌鸦

添上温情

没有生命的星星。

因此,月亮,

昏睡的月亮!

你失去了微风

抗议

耶和华

滥用职权的暴政。

他让你

永远在

同一条小路上运行!

而他却享受着

死神女士的陪伴

那是他的爱情……

白色的乌龟,

昏睡的月亮,

太阳神

纯贞的维罗尼卡①,

---

① 维罗尼卡,传说中的犹太族的圣女,她在耶稣被钉上十字架时为他擦净了脸庞。

你在黄昏中
擦净他
嫣红的面庞。
虽失去光明的眼睛
但不要失去希望,
因为伟大的列宁
陪伴着你,
他是北斗星,
天空中
落落寡合的猛士
将以平静的心
用拥抱
向那位
六天的年迈巨人
辞行。

白色的月亮,
那时节,灰烬
纯洁的王国
将会降临。

(你们会看出
我是虚无主义的信徒。)

梦

一九一九年五月

我的心栖息在寒冷的泉边

　　（忘却的蜘蛛啊
　　使冷泉布满丝线。）

泉水的歌声注入我的心田。

　　（忘却的蜘蛛啊
　　使冷泉布满丝线。）

我清醒的心灵在倾吐爱情。

　　（寂静的蜘蛛啊
　　用幺妙将它遮笼。）

泉水在迷惘地聆听。

（寂静的蜘蛛啊
用玄妙将它遮笼。）

我的心倾斜在寒冷的泉水上。

（远方洁白的手啊
别忘记泉水流淌。）

泉水已将我的心带走并快乐地歌唱。

（远方洁白的手啊，
水上空空荡荡！）

老 蜥 蜴

一九二〇年七月二十六日
苏哈伊拉谷地

在酷热的小路上
我碰到好心的蜥蜴——
(鳄鱼的泪滴)
深思熟虑。
身穿魔鬼教士
绿色的长衣,
道貌岸然,
衣领儿熨得整齐,
俨然是一位年长的教授
心中充满悲戚。
一双憔悴的眼睛
在暮色中
沉迷,
像一位艺术家
平生怀才不遇。

朋友,这是您
傍晚的散步吗?
蜥蜴先生,
你们拄着手杖
老态龙钟,
村里的顽童
会令你们吃惊。
弱视的哲学家,
你们在路上寻找什么?
是不是八月的傍晚
那捉摸不定的魔影
打碎了地平线的造型?

是向垂死的天空
乞求蓝色的施舍?
还是乞求一厘米的星星?
或许在探讨拉马丁
要么是喜欢聆听
鸟儿悦耳的啼鸣?

(请看那夕阳,
你的眼睛在闪亮,
啊,青蛙之龙!
具有人类之光。
思维的小舟
没有船桨

在你烧煳的虹膜上
渡过黑水茫茫。)

或许你们在寻找
美丽的蜥蜴娇娘,
她浑身碧绿
宛如五月的麦苗
又像睡泉的秀发一样,
她将你们藐视,然后
离开了你们的田庄?
啊,甜蜜的恋歌已经破碎
在清新的灯芯草上!
但活着!简直是见鬼!
你们对我多么好的心肠。
"我反对毒蛇"的信条
取得了胜利
在大主教肥厚的下巴上。

太阳
已经溶解在山巅,
羊群
是道路乱成一片。
是该走的时候了,
请你们离开那狭窄的小路
别再深思熟虑,
当观察过星星,

当蠕虫吞食你们的肌体，
您会有处可去。

请你们回家吧
在那蟋蟀村庄的下边！
蜥蜴先生啊，
朋友，晚安！

田野已经不见人影，
群山已经没有声息，
路上一片寂静。
只有从杨树林的叶丛中
不时传来
一只杜鹃的啼鸣。

东方之歌

一九二〇年

芳香的石榴
清澈的天空。
(每粒籽是一颗星星,
每层纱是一个黄昏。)
干燥的天空
被岁月的爪压平。

石榴就像
年迈干瘪的乳房,
乳头变成了星星
好把田野照亮。

石榴是小小的蜂巢
蜂窝像血一样鲜红,
因为蜜蜂是用女人的口
将自己的巢建成。
当石榴裂开时会用

千万张紫红色的唇发出笑声……

石榴是一颗心
跳动在播种的地上,
鸟儿不再去啄食
一颗清高的心脏,
像人的心一样
外表多么坚强,
可对理解它的知己
却献出五月的鲜血和芳香。
石榴是草原
古老地神的珍宝,
他在寂静的树林
和玫瑰姑娘交谈,
蓄着白色的长髯,
穿着五彩的衣衫。
石榴是那样宝贵,
绿叶将他珍藏。
金黄的胸膛
是盛钻石的宝箱。

麦穗是面包。是基督
生和死的结晶。

橄榄是劳动
和力量凝成的坚定。

苹果是那个罪人
难以捉摸的水果,是肌体
是多少个世纪
与撒旦保持接触的血滴。

橙子是他的花儿
被亵渎的忧伤,
因为他本来洁白
却变成了火红和金黄。

葡萄是夏天
凝结的淫荡,
教堂用祝福
榨出神圣的酒浆。

栗子是家庭的和平。
这是从前的事情。
是朝圣者却离经叛道
遇到干柴便四处乱爆。

橡树是古老
平静的诗歌;
健康的纯洁
则是淡黄色的椴梓。

但石榴是血,
是神圣天空的血浆。
他来自大地
大地被小溪刺伤,
他来自伤痕累累的风,
来自峥嵘的山岗,
来自熟睡的湖面,
来自平静的海洋。
石榴是我们身上
流淌的血的洪荒。
血的思想,封闭在
坚硬严酷的球体上,
有着与头颅和心脏
依稀相似的形象。

开裂的石榴啊!
你是树上的火光,
维纳斯活生生的姊妹,
微风掠过果园时的笑声朗朗。
蝴蝶围绕在你的身旁
以为你是驻足的太阳。
由于惧怕你的炙烤
昆虫儿逃得多么匆忙。

你是光芒,生命的光芒,
水果中的女性,

小溪热恋的美景,
晶莹明亮的星星。

石榴啊,谁能像你一样
将所有的激情洒在田野上!

海 水 谣

一九二〇年

致埃米里奥·普拉多斯①
（云的狩猎者）

大海
微笑在远方。
唇是蓝天，
齿是波浪。

你在卖什么，啊，糊涂的姑娘，
裸露着乳房？

"先生，我在卖
海水。"

---

① 埃米里奥·普拉多斯(1899—1962)，西班牙诗人，"二七年一代"成员，洛尔卡的好友。

你带着的是什么,啊,黝黑的小伙子,
掺着你的血浆?

"先生,我带的是
海水。"

老娘,这咸咸的眼泪
来自何方?

"先生,我在哭泣,
将海水流淌。"

心啊,这严峻的苦涩
诞生自何方?

"苦涩的水
在海洋!"

大海
微笑在远方。
唇是蓝天,
齿是波浪。

树 木

一九一九年

树啊!
你们可是从蓝天
射下来的箭!
多么可怕的武士
才能挽这样的弓?
难道是星星?

你们的音乐来自鸟儿的灵魂,
来自上帝的眼睛,
来自完美的激情。
树啊!
你们粗犷的根
可认识我在大地上的心灵?

深　歌

(1921)

三 水 谣①

致萨尔瓦多·金特罗②

瓜达尔基维尔河
穿过橘树林和橄榄园。
格拉纳达的两条河
从雪山到麦田。

啊,爱情啊,
一去不复还!

瓜达尔基维尔河
蓄着石榴般鲜红的长髯。
格拉纳达的两条河
一条泪汩汩,一条血斑斑。

啊,爱情啊,

---

① 诗人在将塞维利亚与格拉纳达的地理风貌进行对比:瓜达尔基维尔河流经塞维利亚,达乌罗河与赫尼尔河流经格拉纳达。
② 萨尔瓦多·金特罗,洛尔卡的朋友,也是诗人。

随风到天边!

塞维利亚的水路
可以行帆船
格拉纳达的水面
桨声是哀叹。

啊,爱情啊,
一去不复还。

瓜达尔基维尔河,高高的塔楼
风吹橘林间。
达乌罗与赫尼尔,小小的塔楼
池塘是黄泉。

啊,爱情啊,
随风到天边!

谁说河水只带走叫喊
那愚蠢的火焰!

啊,爱情啊,
一去不复还!

安达卢西亚,将橘花和橄榄
带到你的海面。

啊，爱情啊，
随风到天边！

吉卜赛西吉里亚[①]之诗(选六)

致卡洛斯·莫尔拉·维库尼亚[②]

风 景

田野
覆盖着橄榄
打开又合上
像一把折扇。
寒冷的星星
阴沉的天
昏暗的细雨
笼罩着橄榄园。
灯芯草和阴影
在河边打战。
灰色的气流漫卷。
橄榄林

[①] 西吉里亚,吉卜赛人一种歌曲的曲调。
[②] 卡洛斯·莫尔拉·维库尼亚(1846—1900),智利外交官,莫尔拉·林奇之父。

饱和
呐喊。
一群被捕获的鸟儿
长长的尾巴
在昏暗中
扑扇。

吉 他 琴

吉他琴
开始哭泣。
黎明的酒杯
碎成玻璃。
吉他琴
开始哭泣。
要使它停息
枉费心机。
单调的哭声
在茫茫雪地
宛似风的呜咽,
宛似水的抽泣。
要使它停息
枉费心机。
为了遥远的事物
哭泣。
炎热南方的黄沙

要求洁白的山茶。
没有靶子的箭,
没有清晨的傍晚,
死去的第一只鸟儿
哭泣在枝头上。
啊,吉他琴!
心房
被五把剑重重地刺伤。

呐　喊

一声呐喊的椭圆,
回荡在
山间。

化作一道黑色的虹
从橄榄林
映照蓝色的夜晚。

　　啊咿!

像一把中提琴的琴弓
使风长长的琴弦
颤动。

　　啊咿!

（人们从窑洞
探出他们的灯。）

啊咿!

安 静

孩子,你听,多么安静。
这是波浪式的安静,
山谷与回声
在那里滑行
并使得一个个前额
向地面斜倾。

西吉里亚的脚步①

在黑色的蝴蝶中
有一位黑色婵娟
走在一条
迷雾的白蛇边。

光的大地,
大地的天。

---

① 在《深歌》中,洛尔卡常把曲调人格化。

她被锁在
永无节奏的颤抖上；
她有白银似的心
右手握着一把利刃。

踏着没有头脑的节奏，
西吉里亚,你去哪里？
哪里的月亮会将你
石灰与夹竹桃的哀怨收集？

光的大地，
大地的天。

过　后

时间
创造的迷宫
在消散。

(只剩下
荒漠一片。)

心田，
欲望的源泉
在消散。

（只剩下
荒漠一片。）

黎明的憧憬
和亲吻
在消散。

只剩下
荒漠一片
宛似波澜。

索莱亚[①]之诗（选九）

致豪尔赫·萨拉梅亚[②]

干燥的土地……

干燥的土地
默不作声
夜色
漫无止境。

（橄榄林中的风，
山中的风。）

悲伤
和油灯
古老的土地。
深深

[①] 索莱亚，吉卜赛人的一种曲调。
[②] 豪尔赫·萨拉梅亚(1905—1969)，哥伦比亚作家，洛尔卡的朋友，他们在一九二八年有书信往来。

蓄水池的土地。
箭
和盲目
死神的土地。

(风刮在路上。
风吹在杨树林里。)

村　庄

光秃的山
一个耶稣在那里蒙难。
清澈的水
和千万棵橄榄。
胡同里的人用斗篷
遮住面孔。
塔楼上
风标在转动。
永恒地
转动。
村庄啊,淹没在
安达卢西亚的哭泣中!

匕　首

匕首
刺进心间
宛似犁铧
耕入荒原。

不。
不。
不要将我刺穿。

匕首
宛如太阳的光线，
将可怕的洼地
点燃。

不。
不。
不要将我刺穿。

路　口

东风；
路灯
和匕首

刺在心中。
街上
绷紧的弦
在颤动,
像一只
巨大的麻蝇。
在所有角落
我看见
都有匕首
刺在心中。

啊 咿

喊声将一个柏树的影子
留在风里。

(让我在田野上
哭泣。)

世上的一切都已破碎
只剩下静寂。

(让我在田野上
哭泣。)

一堆堆篝火咬着地平线
它已将光明失去。

(我已经告诉你
让我在这田野上
哭泣。)

索莱亚

黑色的斗篷披在身上
想着世界是多么渺小
而心灵是何等宽广。

黑色的斗篷披在身上。

想着温柔的叹息
和高声的叫嚷
随风飘荡。

黑色的斗篷披在身上。

将阳台打开
让整个天空从那里
汇入黎明的曙光。

啊咿咿咿咿,
黑色的斗篷披在身上。

窑　洞①

从窑洞里
传出长长的哭泣。

（紫色与红色
重叠在一起。）

吉卜赛人
怀念遥远的国度。

（高高的塔楼
和神秘的人群。）

断断续续的声音
闪烁着他们的眼神。

（黑色
在红色上。）

粉刷过的窑洞
在黄金上振荡。

---

① 在格拉纳达的萨克罗蒙特（又译圣山）山坡上有许多吉卜赛人居住的窑洞，如今已成了他们为游客表演弗拉门戈歌舞的地方。

（白色
在红色上。）

相　逢

你和我
都不准备
相逢。
你因为……你很明了。
我对她那么痴情!
她还走那条小径。
我手上
还有那些钉子穿的孔。
我在怎样流血
难道你没看清?
永远不要向后看
只管缓缓前行
并像我那样
向圣卡耶塔诺祈祷,
因为你和我
都不准备相逢。

黎　明

拂晓的钟声
在科尔多瓦。

黎明的钟声
在格拉纳达。
所有的少女
都在聆听
并像稚嫩
戴孝的索莱亚
一样哭泣。
安达卢西亚
上上下下的少女，
西班牙的姑娘，
长裙颤抖，
脚儿纤细，
使各个路口
十字架林立。
啊，拂晓的钟声
在科尔多瓦！
啊，黎明的钟声
在格拉纳达！

萨埃塔[1]之诗(选七)

致弗朗西斯科·伊格莱西亚斯[2]

弓 箭 手

弓箭手昏暗的身影
向塞维利亚靠拢。

瓜达尔基维尔河在奔腾。

灰色的礼帽多么宽,
长长的斗篷多么慢。

啊,瓜达尔基维尔河的水面!

他们来自悲伤的国度

---

① 萨埃塔,在塞维利亚圣周期间歌唱的一种曲调。
② 弗朗西斯科·伊格莱西亚斯(1900—1973),西班牙飞行员,由于他的飞行战绩,人们常叫他"伊格莱西亚斯队长"。他是洛尔卡在马德里的朋友,他们经常在智利外交官莫尔拉·林奇家聚会。

故土的历史多么久远。

瓜达尔基维尔河在奔腾。

他们前往一座迷宫。
岩石,水晶和爱情。

啊,瓜达尔基维尔河的水面!

夜　晚

蜡烛,油灯,
街灯,流萤。

萨埃塔
之星。

一扇扇金黄的小窗
在抖动。
新添的十字架
摇曳在黎明。

蜡烛,油灯,
街灯,流萤。

塞维利亚

塞维利亚是一座塔楼
布满细心的弓箭手。

伤在塞维利亚,
死在科尔多瓦。

塞维利亚,一座
潜伏着悠扬节奏的城
并使这些节奏
盘旋成迷宫
宛似燃烧的葡萄藤。

伤在塞维利亚。

头顶拱门似的蓝天
在它纯净的平原
射出它的河流
那永恒的箭。

死在科尔多瓦。

天边疯狂的女子
在她的葡萄酒里

将堂璜的苦闷
和狄俄尼索斯的完美
掺在一起。

伤在塞维利亚,
总是伤在塞维利亚!

经　过

身穿撑裙的圣母,
孤独的圣母,
像一朵
巨大的郁金香开放。
乘一艘光芒四射的船
走在城市
高耸的潮头上,
在纷乱的箭
和水晶的星星中央。
身着撑裙的圣母
沿着
街巷的河流
直奔海洋!

萨　埃　塔

黑色的基督

从犹地亚的百合
走向西班牙的石竹。

请看他来自何处!

来自西班牙。
纯净阴暗的天空,
土地焦黄,
水在渠里缓缓地流淌。
黑色的基督,
长发已经烤煳,
白色的眼珠,
突出的颧骨。

请看他前往何处!

阳　台

劳拉
唱着萨埃塔。
斗牛士
拥在她的左右;
理发师
从门口
用头
摇着她的节奏。

劳拉
在将萨埃塔歌唱
在罗勒花
与薄荷中央。
她
目不转睛
注视着池塘。

黎　明

弓箭手
宛似爱情
双目失明。

一支支箭
在碧绿的夜空
留下滚烫
百合的行踪。

月亮的龙骨
冲破紫色的云雾
而箭囊
充满了露珠。

啊,弓箭手
宛似爱情
双目失明!

佩特内拉速写[1]（选五）

致欧亨尼奥·蒙特斯[2]

道　路

上百个戴孝的骑手
向何处去
沿着橙园
仰卧的蓝天？
他们到不了科尔多瓦
也到不了塞维利亚
同样到不了
渴望大海的格拉纳达。
昏昏欲睡的马
将他们带到十字架的迷宫
那里有歌声在抖动。
橙园里

---

[1]　对本篇是否属于《深歌》，尚有争论。
[2]　欧亨尼奥·蒙特斯（1900—1982），西班牙政治家、作家，洛尔卡在马德里的朋友，亦常在莫尔拉·林奇家聚会。

那上百个
安达卢西亚戴孝的骑手
带着七声刻骨铭心的叹息
向何处去?

舞

——在佩特内拉果园

果园的夜晚,
六位吉卜赛姑娘
舞姿翩翩
洁白的衣裙身上穿。

果园的夜晚,
姑娘们头戴王冠
镶嵌着纸的玫瑰
和鲜艳的花瓣。

果园的夜晚,
她们珍珠似的牙
将灼热的阴影
描画。

果园的夜晚,
她们深紫色
延长的身影

直抵天空。

佩特内拉之死

男人们的放纵
死在自己的家中。

一百匹小马转过身去
骑手们已经丧命。

蜡烛的繁星
眨着眼睛，
她饰有云纹图案的裙子
在铜色的大腿间跳动。

一百匹小马转过身去
骑手们已经丧命。

长长消瘦的身影
来自朦胧的天边
吉他琴的大弦
已经绷为两段。

一百匹小马转过身去
骑手们停止了呼吸。

深　度

一百个情人
长眠在
干燥的地下。
红色漫长的道路纵横
在安达卢西亚。
科尔多瓦，
绿色的橄榄林
为了纪念他们
安放一百个十字架。
一百个情人
长眠在地下。

哀　怨

在黄色
塔楼上
钟声敲响。

在黄色
风中
钟声飞扬。

死神沿着一条路

行走,将枯萎
橘花的王冠戴在头上。
伴随白色的六弦古琴
唱着一首歌,
唱呀,唱呀,不停地唱。

在黄色塔楼上
钟声已不再响。

风儿卷着灰尘
像银色的船儿漂荡。

两位姑娘

致马克西莫·吉哈诺①

劳　拉

她在橙树下
将棉布的襁褓洗涮,
紫色的声音
和绿色的双眼。

爱情啊
在橘花盛开的树下!

小河里的水
允满阳光,
一只麻雀
在橄榄林中歌唱。

---

① 马克西莫·吉哈诺,马德里的记者,洛尔卡的朋友。

爱情啊
在橘花盛开的树下!

然后,当老劳拉
将肥皂用光,
斗牛士便会来到她身旁①。

爱情啊
在橘花盛开的树下!

安 帕 萝

安帕萝,
洁白的衣裙身上穿
在家多孤单!

(晚香玉和茉莉中
一条赤道线。)

你在院落中
倾听绝妙的喷泉,
金丝雀黄色的歌喉
在轻轻地打战。

---

① 从"斗牛士"可知,这个劳拉和《阳台》中的劳拉当是同一个人。

傍晚,你一边看鸟儿
在柏树枝上动弹,
一边在麻布上
慢慢绣字母的图案。

安帕萝,
洁白的衣裙身上穿
在家多孤单!

安帕萝,
要说"我爱你"
这有多么难!

弗拉门戈集锦(选四)

致曼努埃尔·托雷斯①——人称"赫雷斯之子",
他有王者的身躯。

希尔维里奥②的肖像

在意大利语
与弗拉门戈之间
希尔维里奥
会怎样歌唱?
我们的柠檬
和意大利的蜂蜜
溶在西吉里亚
深深的哭泣里。
他的喊声令人恐惧。
老人说

---

① 曼努埃尔·托雷(1878—1933,托雷斯是笔误),原名曼努埃尔·索托·罗雷托,是西班牙当时最好的弗拉门戈歌手。托雷是他的绰号,本意是塔楼,因为他个子很高。
② 希尔维里奥和下文的胡安·布雷瓦都是著名的弗拉门戈歌手。

他们的头发

会一根根耸立，

镜子里的水银

会裂出缝隙。

他会完美地

穿透所有的音域。

他是创造者

又是园丁。

为了寂静，他创造了

一座座花亭。

现在他的曲调

已和回声一起安息。

纯净的曲调化作永恒。

和着最后的回声！

胡安·布雷瓦

胡安·布雷瓦

巨人的身躯

女孩儿的喉咙。

他的颤音已临绝顶。

他歌唱痛苦

却面带笑容。

他回忆安睡的马拉加①

---

① 马拉加，西班牙南部重要的港口城市。

一片片柠檬，
海盐的咸味
溶解在他的哭泣中。
他像荷马一样歌唱
双目失明。他的歌声
宛似没有阳光的大海
和被挤压的甜橙。

歌厅咖啡馆

水晶的吊灯
和碧绿的明镜。

舞台昏暗，
帕拉拉
正和死神
交谈。
呼唤死神
不至，
她又重新呼唤。
人们
呼吸着抽泣。
长长的丝绸裙尾
摇摆忽闪
在碧绿的镜面。

死 神 怨

致米格尔·贝尼特斯

黄色的蛇,
黑色的天空。

我健康地出生
离去时却失去了眼睛。
痛苦至深的主啊!
然后,
在地上
一根蜡烛,一件斗篷。

我愿到达
好人去的地方,
上帝啊!我已在其中!……
可然后,
在地上
一根蜡烛,一件斗篷。

卖柠檬者,
黄色的柠檬。
将柠檬的芬芳
送给了风。

你们已知道!……
因为然后
在地上
一根蜡烛,一件斗篷。

黄色的蛇,
黑色的天空。

三 座 城

致碧拉尔·苏比欧蕾①

马拉加女郎

死神
进进出出
酒馆的门。

黑色的马
和阴险的人
在吉他琴
深深的路上行进。

仕海洋
盐和女性血液的腥味
漂荡
在炽热的晚香玉上。

---

① 碧拉尔·苏比欧蕾(1884—1970),西班牙作家、钢琴家,洛尔卡的朋友。

死神
酒馆的死神
进进出出，
出出进进。

科尔多瓦的市区
——晚间话题

在自己家中
将星星抵抗。
夜从天而降。
屋内一个死去的姑娘
将一朵肉红的玫瑰
在秀发上珍藏。
六只夜莺为她哭泣
在栏杆上。

人们叹息着离开
带着吉他。

舞　蹈

卡门翩翩起舞
在塞维利亚街上。
头发洁白

眼睛闪亮。

姑娘们啊
快开窗!

一条金蛇
盘绕在头上,
她在舞蹈中
梦想着昔日的情郎。

姑娘们啊
快开窗!

街上空荡荡,
人们暗暗猜想
安达卢西亚的心灵
在寻找昔日的针芒。

姑娘们啊
快开窗!

随想六种(外一首)

致雷吉诺·萨因斯①

吉他琴之谜

在圆圆的
十字街心
六位姑娘
舞姿动人。
三位是肉色
三位是银身。
昔日的梦幻将她们找寻,
可她们却拥抱
金色独眼的巨神②。
吉他琴!

---

① 雷吉诺·萨因斯(1896—1981),全名为雷吉诺·萨因斯·德·拉·马萨,西班牙吉他演奏家,洛尔卡的朋友。
② 即希腊神话中的独眼巨神波吕斐摩斯。

油　灯

啊,油灯的火苗
多么庄重的思考!

宛似印度的托钵游僧
注视自己金色的心灵,
一边焚香一边憧憬
没有风的天空。

白热的鹳雀
从自己的巢中
啄食沉沉的阴影,
颤抖着窥视
死去的吉卜赛儿童
圆圆的眼睛。

响　板

响板。
响板。
响板。
响亮的金壳螂。

你

在手的蜘蛛上
使炎热的空气
荡漾,
同时也在窒息
伴随木质颤抖的音响。

响板。
响板。
响板。
响亮的金壳螂。

仙 人 掌

野蛮的拉奥孔①。

半月下
你多么潇洒!

多少个手掌
像回力球运动员一样。

威胁着风
你得意扬扬!

---

① 拉奥孔,希腊传说中的一位先知,因警告特洛伊人不要接受希腊人的木马,和他的两个儿子一起被两条大蛇缠死。

达佛涅和阿蒂斯
理解你的苦痛。
又无法说清。

龙 舌 兰

石化的章鱼。

你将布满尘土的肚带
系在山的腹部。
将绝妙的牙齿
献给狭窄的山路。

石化的章鱼。

十 字 架

十字架。
(道路
终点。)

在渠中自照。
(删节号。)

阿马尔戈母亲的歌

人们将他带走
从我的床单、夹竹桃和手掌上。

八月二十七号
用一把黄色的刀。

十字架。我们在行进!
他黝黑而又伤心。

邻居们,给我一个盛满
柠檬汁的铜罐。

十字架。谁也莫悲伤。
阿马尔戈已在月亮上。

　　　　　　　　一九二五年七月九日

组　　歌

(1920—1923)

黑姑娘的花园

——片段

门　廊

水
将它的银鼓
敲响。

树
编织着风,
玫瑰
又给它添上了芬芳。

一只
巨大的蜘蛛
绣着星星
沐浴着月光。

金 合 欢

谁将月亮的主干
砍去?
(给我们留下
水的根须。)
剪下金合欢
永恒的花朵
是多么容易!

相 遇

安息的马利亚,
我要再次与你相会
在柠檬园的冷泉。
万岁!玫瑰园中的玫瑰!

安息的马利亚,
我要再次与你相会,
秀发如云
目光似水,
万岁!玫瑰园中的玫瑰!

安息的马利亚,
我要再次与你相会。

我那只忘却了的月亮的手套
现在何处?
万岁!玫瑰园中的玫瑰!

柠 檬 园

柠檬园。
我
梦中的瞬间。

柠檬园。
黄色
乳房的金殿。

柠檬园。
海风
在那里将乳汁吞咽。

柠檬园。
甜橙的血液已干,
在那里挣扎,
多么疲倦。

柠檬园。
你曾见我的爱
被一把表情的斧头砍断。

柠檬园。
我的爱情,我的初恋
失去了玫瑰和支点。

柠檬园。

水的组歌(选三)

国　度

在黑水里，
躺倒的树木，
雏菊
和虞美人。

在死路上
三头耕牛走过。

空气中，
飞过夜莺，
树的心脏。

曲　线

手拿一枝百合
我离开你。

我夜晚的爱!
我星宿的小孀妇
我会与你相遇。

深色
蝴蝶的驯服者!
我要走自己的路。
一千年过后
你会看到我的面容。
我夜晚的爱情!
沿着蓝色的小径,
驯服
深色的星星,
我将继续自己的行程。
直到整个宇宙
都装在我心中。

蜂　房

我们生活在
水晶的监狱,
空气的蜂房!
我们透过水晶
互相亲吻。
美妙的监狱!
它的门
就是月亮!

十　字

北

寒星
照在路上。
沿着烟云的森林
人来人往。
茅舍在叹息
沐浴着永恒的曙光。
在斧头
打击中
山谷和树林
一阵蓄水池的抖动。
在斧头
打击中。

南

南方

反射
幻影。
星星和甜橙,
水渠和天空,
一样的形容。

箭啊,
箭!
南方
就是
一支金箭,
没有靶,乘着风。

东

芬芳之梯
下到
南方
(一级级连成一体。)

西

月亮之梯
升向
北方
(半级半级。)

明镜组歌(选十二)

象　征

基督
在每只手中
握着一块明镜。
折射
自己的魂灵。
我相信:
他的心
反映
在黑色
眼神中!

反　映

月亮女士
(水银已破碎?)
不。

哪个少年将他的灯盏
点燃?
只需一只蝴蝶
就足以将你熄灭。
住口……不过可能!
月亮
就是那只萤火虫。

回　答

一只孤鸟
在啼鸣。
空气在扩充。
我们通过一面面明镜
倾听。

土　地

我们
走在一面
没有水银的镜子上,
走在
没有云彩的水面上。
倘若百合
反着生长,
倘若玫瑰

反着生长，
倘若所有的根
都将星星观望，
而死者
不把眼睛闭上，
我们将像天鹅一样。

奇　想

在每一面明镜后边
有一颗死去的星星
和一道
入睡儿童的彩虹。

在每一面明镜后边
有一个永恒的安宁
和一个巢，里面
是尚未飞走的寂静。

明镜是清泉的木乃伊，
夜里
会像光的贝壳一样
关闭。

明镜
是露水-母亲，

是肌体化成的回音,
是解剖霞光的书本。

神　道

蟠龙的宝塔。
黄金的铃铛。
丁零,丁零,
在稻田上回响。
原始的泉。
真理的泉。
远处,
玫瑰色的草露
和枯萎的火山。

眼　睛

眼睛里开出
无止境的小路。
阴影里有
两个埋伏。
死神总是
从隐蔽的场所而来。
(像园丁掐断
泪水的花朵)。
瞳孔里

没有地平线。
我们迷失其间
仿佛在原始森林中。
城堡,你要去
且不再返回
一路走来
始于虹膜。
没有爱情的男孩!
上帝使你免受红常春藤的侵扰!
躲开旅行者!
小埃莱娜在绣
领结。

开 元[①]

亚当和夏娃。
那条蛇
将明镜
彻底打破。
而那苹果
本是岩石一颗。

---

① 原文是拉丁语(INITIUM)。

沉睡明镜的催眠曲

睡吧。
不要怕
游荡的目光。
　　　　快快入梦乡。

蝴蝶
语言
从锁孔
偷偷进来的光
都不会伤害你,
　　　　快快入梦乡。

明镜
恰似
我的心灵,
你是一座花园
那里有等候我的爱情。

快睡吧,别担心,
但一定要醒来
当我的双唇
失去那最后的亲吻。

天　空

天空
孕育着彩虹，
树丛
打破了它的明镜。

模　糊

我的心灵
就是你的心灵？
谁又能将我的思想反映？
谁赋予我
这没有根的激情？
我的衣服
又为何将颜色变更？
一切都处在十字路口！
你为何会在天空
看到那么多的星星？
兄弟,是你
还是我？
这是那个人的手吗？
如此冷冰冰？
我沐浴在黄昏里，
而蚁群似的人们

漫步在我心中。

凝　思

猫头鹰
停止思考
擦净它的眼镜
发出叹息声。
一只萤火虫
滚下山岗
而一颗星星
在流动。
猫头鹰扇动翅膀
并继续冥思苦想。

凝滞组歌

柏树……

柏树。
（停滞的水。）

山杨。
（清澈的水。）

柳枝。
（深沉的水。）

心灵。
（眸子的水。）

凝 滞

我用你的眼睛把自己照
并将你的灵魂思考。

白色的夹竹桃。

我用你的眼睛把自己照
并将你的双唇思考。

　　红色的夹竹桃。

我用你的眼睛把自己照
可你已经死掉！

　　黑色的夹竹桃。

变　化

空气凝结在
回声的枝条下。

水凝结在
明星的叶丛下。

你的嘴凝结在
吻的稠密下。

凝滞,最后的歌

    夜已经降临。

月亮的光芒
敲打着黄昏的铁砧。

    夜已经降临。

大树用歌的语言
遮盖了全身。

    夜已经降临。

你如果要来看我
请沿着空气的小路行进。

    夜已经降临。

你会看到我在啼哭
四周是高高的白杨树。
黑姑娘啊!
四周是高高的白杨树。

半 个 月 亮

月亮沿水面而行。
天空为何这样平静?
她缓缓地收割
河流古老的颤动
而一只年幼的青蛙
把她当成了明镜。

天空三景

献给阿尔吉米拉·洛佩斯小姐
她曾不喜欢我

一

星星
都没有对象。

她们那么漂亮
像星星一样!

她们在等候
一位英俊的男子
让她们攀上威尼斯的理想。

她们每晚都到护栏前
——啊,上千层的天空!
向包围着她们的昏暗的大海
用手势传情。

等着吧,姑娘,
当我死亡
便会把你们一个个地
劫持到我云雾的小马上。

二 美男子

在整个天空
只有一颗男性的星。

他浪漫而又疯狂。
灰尘
和黄金的燕尾服
穿在身上。

他在寻找一面镜子
好照一照自己的形象!

啊,银白的那喀索斯①
在高高的水面上!

在整个天空

---

① 那喀索斯,希腊神话中的美少年,因爱恋自己在水中的倒影憔悴致死,死后化作水仙花。

只有一颗男性的星。

三 维 纳 斯

你果然有一对
丰满的乳房
珍珠项链
戴在脖子上。
一位海雾的王子
为你将明镜高悬。

尽管你很遥远
我依然看见
你将彩虹的手
拉向你女性的器官，
并冷静地料理
天空的软垫。

我和文艺复兴一起
用放大镜将你观看。

夜 晚(选十二)

——钢琴与激动之声组歌

痕 迹

那条路
没有人。
那条路。

那只蟋蟀
没有家。
那只蟋蟀。

这只铃铛
在梦乡。
这只铃铛……

序 曲

耕牛

缓缓地
垂下眼皮……
（畜栏里的热气。）

这是
夜的序曲。

天 之 角

年迈的星星
闭上
浑浊的眼睛。
新生的星星
想染蓝
阴影。

（在山坡的松林中
有一群萤火虫。）

圆 满

微风
一次
又一次地
抚摸天空的脸庞。
星星

一次
又一次地
将蓝色的眼睑闭上。

明　星

有一颗平静的明星
它没有眼睛。
"在哪里？"
"一颗明星……
在池塘熟睡的水中。"

一　颗　星

那颗浪漫的星
（为了玫瑰
为了玉兰。）

那颗浪漫的星
已经疯癫。

巴拉林，
巴拉兰。

（一只小青蛙
在她用阴影

搭成的小房,歌唱。)

母　亲

北斗
仰面朝天
将乳头给她的星星。
叫啊,
叫个不停。
女儿们,快逃命!
稚嫩的星!

记　忆

月亮女士没有出去。
她做着轮子的游戏
嘲弄她自己。
月亮啊月亮。

寄　宿

贫困的星
她们没有光。

多么痛苦,
多么痛苦,

多么悲伤!

她们被遗弃在
混浊的蓝色上。

多么痛苦,
多么痛苦,
多么悲伤!

金　星①

白天的芝麻
开门来。
黑夜的芝麻
关门来。

下　面

布满星星的夜空
映衬着声音。
幽灵的藤蔓
迷宫的竖琴。

---

① 金星既是启明星又是长庚星,既出现在黎明也出现在黄昏。

悲　哀

我不能在海上
将你观看。
你的视线被折断
宛似光的枝干。
大地的夜晚。

歌谣四首

致克劳迪奥·纪廉①

一

有一棵绿色的小树
在山顶上。

牧人你去那里
牧人你来这方。

梦游的橄榄园
下到炎热的平川上。

牧人你去那里
牧人你来这方。

---

① 克劳迪奥·纪廉(1924—2007),西班牙比较文学学者,洛尔卡的朋友,"二七年一代"诗人豪尔赫·纪廉之子。

没有犬也没有白色的绵羊
没有爱也没有木杖。

   牧人你去那里。

宛似金黄的影子
溶解在麦田上。

   牧人你来这方。

二

大地
一片金黄。

   布头,布头,
    去放羊。

星星和白色的月亮
都已不闪光。

   布头,布头,
    去放羊。

摘葡萄的黑姑娘
剪下葡萄藤的悲伤。

布头,布头,
去放羊。

三

两头红色的耕牛
在金黄的田地。

耕牛有古老

钟声的频率

和鸟儿的视力。

夏季的清晨

云雾蒙蒙,

然而却穿透了

空中的甜橙。

从一出生

就没有主人的老牛

还记得肋上的双翼。

耕牛总是在路得①的田野叹气,

寻觅着休息,

永恒的休息,

陶醉在星星里

---

① 路得,《圣经》中的人物,摩押女人,拿俄米的儿媳。丈夫死后,她随婆母回到伯利恒,嫁给了波阿斯,生俄备得,即以色列王大卫之祖父。

倒嚼自己的哭泣。

　两头红色的耕牛
　在金黄的田地。

四

我走在
布满雏菊的天上。

我是圣徒
今天下午我这样想。
人们将月亮
放在我的手上。
我重新把它
放回天空
上帝用玫瑰和光环
作为对我的奖赏。

我走在
布满雏菊的天上。

现在我沿着
这片田野
从坏蛋手中
解救那些小姑娘

并将金币
送给所有的少年郎。

我走在
布满雏菊的天上。

回 归 组 歌

我要回去……

我要回去
用我的翅膀。

请让我前往!

我愿作为黎明
而死亡!

我愿作为昨天
而死亡!

我要回去
用我的翅膀。

请让我前往!

我愿作为清泉
而死亡!

我愿在海洋
外面死亡。

水　流

行人
使自己迷茫。

流水
看不见星光。

行人将自己遗忘。

停下来
入梦乡。

向……

回来吧,
心灵!
请起程。

在爱的森林中

你看不见人影。
你会有清澈的泉水。
在绿色中,
你会找到
巨大永恒的玫瑰。

你会说:"爱情啊,爱情!"
但你的创伤
不会合拢。

  回来吧,
  心灵!
  请起程。

转　折

我愿返回童年。
从童年返回阴影。

  你去吗,夜莺?
  去你的。

我愿返回阴影。
从阴影返回花丛。

  你去吗,芬芳?

去你的。

我愿返回花丛。
从花丛返回心灵。

　　你去吗,爱情?
　　永别了!

(我返回荒漠的心灵!)

告　别

我将告别
在十字路口。
为了进入
灵魂之路。

唤起记忆和从前
恶劣的时间
我将到达
自己白色的歌
那小小的果园
并像晨星一样
在那里打战。

心　潮

我的姑娘走过。
她多么漂亮！
身穿薄纱的衣裳
一只蝴蝶儿
别在秀发上。

小伙子,跟在后面,
沿着小路向前！
倘若见她啼哭
或者愁眉不展,
就用紫红色
为她描绘心田。
告诉她不要啼哭
尽管感到孤单。

　　　　　　一九二一年八月六日

风 的 故 事

——七月的诗

一

红色的风来了
经过燃烧的山坡
沿河又变成了绿色,绿色。
然后还会变成紫色,
黄色……
在播过的田野中
化作一道彩虹。

二

停滞的风。
上面是太阳。
下面是
白杨树
颤抖的叶丛。

我的心
同样在颤动。

停滞的风
在下午五点钟。
鸟儿绝踪。

三

微风
宛似姑娘的
秀发
在飘荡。
宛似古老
地图上的海洋。
微风
似水涌出
并沿着小溪
流淌
——似白色的香脂一样,
它会失去知觉
当与坚硬的岩石
相撞。

四　学　校

老师:什么样的少女

　　与风结为夫妻?

孩子:她要有

　　全部的情欲。

老师:风送给她

　　什么礼物?

孩子:黄金的旋风

　　和附加的地图。

老师:她会以什么回赠?

孩子:敞开的心灵。

老师:请问她的芳名?

孩子:这是个秘密,请您别打听。

　　　　(窗帘
将学校的窗户遮笼

　　　　上面
绣满了星星。)

喷泉组歌(选四)

故　土

梦幻中的泉
无水
也无源!

人们用眼梢
互相看
从不面对面。

宛如
所有的理想
只能在死神
纯洁的空白上摇荡。

旁　白

夜的血

在喷泉动脉里
奔流。
啊,这颤抖
美不胜收!
我在想
那些敞开的窗
既没有钢琴
也没有姑娘。
……

一 时 间!

……
一时间!
灰尘还在
蓝色上摇荡!
顷刻
我若没记错
已过几万年!

花 园

四位骑士
手持水的宝剑
夜色漆黑一片。
四把宝剑
刺伤玫瑰的世界

也会刺伤你的心田
别降临花园!

诗 三 首

夏 季

塞莱斯哭了
金色的泪水流淌。
犁铧
深深的伤口
已经结出
一串串泪珠。

那个男子
在阳光下收集
这伟大的火的哭泣。

基督伟大的哭泣
他刚刚降临人间。

  （十字架。
  竖琴。

火焰。)

塞莱斯
已经死在田野上。
一朵朵虞美人
穿透她的胸膛。
一声声蝉鸣
响彻她的心房。

绝望之歌

河水向下流
橄榄往上长。

(只有我
在空中迷茫。)

父母在等候
圣者下降,
姑娘们在描绘
他绿色的心房。

(只有我
在空中迷茫。)

抛　弃

上帝啊！我带着
问题的种子而来！
播了种却未见花儿开放。

　　（一只蟋蟀
　　　在月光下歌唱。）

上帝啊！我带着
回答的花朵而来
但风儿却没有吹落花瓣！

　　（彩虹似的甜橙
　　　在地上旋转。）

上帝啊，我是拉撒路[①]！
让我的坟墓沐浴朝霞，
给我的车套上黑色的骏马。

　　（月亮
　　　照着多情的山冈。）

---

① 拉撒路，《圣经》中的人物。他是耶稣的朋友，死后第四天，耶稣使他复活。

上帝啊,我将坐下
没有问题却有回答!
看着树枝怎样动弹。

(彩虹似的甜橙
在地上旋转。)

一九二二年十一月

钟林组歌

我走进……

我走进
时钟的森林。

嘀嗒的树丛
铃的枝条
在不断延续的时间下
是摆的坐标。

死去时间
那黑色的百合,
幼小时间
那黑色的百合,
没有什么区分!
是爱的黄金?

只有一种时间。

一种时间!
冷酷的时间!

草　丛

我潜入
死亡的时间。
挣扎
和最后亲吻的时间。
危机的时间,被俘的铃
在那里做梦。

有杜鹃报时的钟,
没杜鹃报时的钟。
巨大而又
苍白的蝴蝶
和生锈的星星。

在叹息的树林中
响起
儿时
手摇风琴的琴声。

你一定要从那里过啊,
心灵!
从那里过啊

心灵!

全　景

整个缤纷的森林
是一只巨大的蜘蛛
在给希望
编织一张响亮的网。
为了那洁白可怜的处女
她伴着叹息和目光成长。

它

真正的斯芬克斯
是时钟。
俄狄浦斯
将从一只眼睛里诞生。
南边是公猫
北边
是明镜。
月亮女士是一个维纳斯。
(没有味道的天空。)
钟表给我们
带来寒冬。
(认真的燕子
引来夏令。)

黎明
具有潮涌似的钟。
梦在那里窒息
蝙蝠出生在
天空。
牡犊儿将它们琢磨
忧思重重。
几时升起
所有钟表的霞光?
那些白色的月亮
几时沉入山的海洋?

钟 的 回 声

我坐在
时间的空隙中。
那是一种
无声的滞缓,
白色的寂静。

非凡的戒指,
明亮的星
与十二个黑色
浮动的数字
在那里相碰。

最初与最后的思考

时间
它的颜色如同夜晚。
平静的夜晚。
在那些巨大的月亮上,
永恒
在十二个点上固定。
时间已经
永远昏睡在它的塔楼中。
所有的钟
都在将我们蒙哄。
时间
已经有了界线。

斯芬克斯的时间

神奇的时刻
可恶的星辰
在你的花园里开放。
在你的角下
我们诞生并死亡。
寒冷的时刻!
你给多情的蝴蝶
盖上岩石的屋顶

并坐在蓝色上，
限定
且剪断她们的翅膀。

一……二……三……

一……二……三……
时间在森林中回响。
寂静充满了气泡
一只金摆
在空中带着我的脸庞
来回动荡。
时间在森林中回响！
一只只怀表
宛似一群群苍蝇
来回动荡。

我祖母
那块镀金的表
在我的心中回响。

标本组歌

书

一

花园的旅行者
在他有味的书中
带着一个标本,转动。

夜晚,昔日鸟儿的魂灵
来到他的枝丛。

鸟儿歌唱在那被压缩的林间
这书林需要哭泣的源泉。

这本书中的花朵
夹在岁月无形的玻璃板,
宛似孩子们的鼻子

在昏暗的水晶下被压扁。

花园的旅行者
一边打开书一边哭泣
洋溢的花香
在标本上昏迷。

二

时间的游人
带来梦的标本。

我：
标本在何方？

游人：
就在你的手上。

我：
我的十个指头什么也没有。

游人：
梦就在你的头发上跳舞。

我：
已经过去了多少世纪的时间？

游人:
我的标本只有一片。

我:
我是去清晨还是去下午?

游人:
过去已无法居住。

我:
啊,苦涩水果的花园!

游人:
月亮的标本更惨。

三

一位朋友十分秘密地
向我展示了声音的标本。

(嘘……安静!
夜挂在天空!)
所有世纪的回声
都来到一个消失了的港口的光明。

(嘘……安静!

夜在风中摇动!)
(嘘……安静!
古老的愤怒盘在我的手中。)

布谷,布谷,布谷(选四)

致恩里克·迪耶斯-卡内多和黛莱莎①

布谷用它小小的铜球……

布谷用它小小的铜球
分割着夜晚。

布谷没有喙
有的是婴儿的两片唇
千百年来发着呼叫的声音。

公猫
收起你的尾巴!

布谷在时间上
宛似一只帆船在漂荡

---

① 恩里克·迪耶斯-卡内多(1879—1944),西班牙后现代主义诗人、外交官。他是洛尔卡的朋友,黛莱莎是他的夫人。

并像回声一样增长。

贼鸟
收起你的爪!

布谷的面前是狮身人面像,
天鹅的象征
和不笑的姑娘。

狐狸
收起你的尾巴!

总有一天会在风中飘扬
那最后的思想
和倒数第二个欲望。

蟋蟀
去那松树下!

只留下布谷
用它那水晶的小球
分割永恒。

老布谷的歌

我曾在挪亚的方舟

歌唱。
在玛土撒拉
茂密的草丛上。

挪亚为人善良。
玛土撒拉的胡子
有垂到脚面
那么长。

我将自己的呼喊
抛上了天。
可它们又空空地
落下了地面。

我在夜晚歌唱。
尽管你们已入梦乡
我仍将歌唱。
我将歌唱
在所有的春夏秋冬
和冬夏秋春。
阿门。

布谷的第二夜曲

布谷鸟说:"对。"
朱顶雀,快高兴起来!

天使在
将花园的门打开。

布谷鸟说:"错。"
夜莺温柔地唱歌。
我们在每只眼睛里
会有一个花朵。
啊,多么
绝妙的复活!

说:"错!"
说:"对!"

(黑夜在沿着
自己的边界开拓。)

说:"对!"
说:"错!"

(时钟在净化
自己的滴落。)

最后的夜曲

啊,何等的战栗!
布谷鸟已到

咱们快逃!

倘若看到痛苦的夹竹桃
将眼泪流淌,
亲爱的,你会怎样?

想想海洋。

当你看到月亮离去时
在呼唤你,
亲爱的,你会怎样?

叹息。

倘若有一天我从自己的橄榄园
对你说"我爱你",
亲爱的,你会怎样?

将一把匕首插进我的心脏!

啊,何等的战栗!
布谷鸟已到
咱们快逃!

在月亮柚子的花园里（选四）

白色的森林之神

白色的森林之神
在永生的水仙上睡稳。

巨大水晶的双角
使宽宽的前额显得天真。

太阳，舔着他少女似的修长的双手，
像一条被征服的龙。

一排排死去的仙女
在爱情的河流上浮动。

森林之神的心灵
沐浴着古老的狂风。

地上的排箫是一个源泉

有七根蓝色透明的笛管。

花园景色

一

古代的少女
不曾被人爱恋
带来她们的情郎
在平静的枝间。

情郎们,没有双眼,
她们,没有语言,
像卷曲的羽毛
用微笑传递情感。

在冰霜灰色的郁金香下
他们列队向前
在修道院的光芒
那白色的慌乱里面。

芳香的人群
盲目地徘徊往返
双脚踏着
无人碰过的花瓣。

啊,一个个僵硬的甜橙
深沉倾斜的光焰!
情郎们绊到
他们折断了的剑。

七颗心少年之歌

我有七颗心
但哪颗属于我
却无处寻。

母亲,在高高的山顶
我碰见了风。
七位姑娘都有修长的手
将我带进她们的明镜。

我曾用七片花瓣的口
在世界上歌唱。
我那些苋菜的船只
无缆也无桨。

我曾将
异乡的风光游览。
喉咙周围的秘密渐渐公开
我却未能发现。

母亲,在高高的山顶
我碰上了风。
(我的心在回声上
在一颗星的相册中。)

我有七颗心。
但哪颗属于我
却无处寻!

未出生婴儿之歌

你们将我丢在一个
阴暗抽泣的水的花朵上!

我学会的歌声
将会老化
拖着叹息
和眼泪的尾巴。

没有双臂,我怎样
使光明的门开放?
手臂是别的孩子
划船的双桨。

我平静地睡着
谁会闯入我的梦乡?

我的母亲
已经白发如霜。

你们将我丢在一个
阴暗抽泣的水的花朵上。

歌　集

（1921—1924）

致佩德罗·萨利纳斯、豪尔赫·纪廉
和亲爱的梅尔乔·费尔南德斯·阿尔马格罗

理 论(选四)

天 平

夜总是那么平静。
昼来去匆匆。

夜高深并已死亡。
昼有一只翅膀。

夜下面是明镜
昼上面是风。

狩 猎 者

高高的松林!
四只鸽子在飞翔。

四只鸽子
飞来飞往。

带着四个影子
俱已受伤。

矮矮的松林!
四只鸽子落在地上。

童　话

独角兽和独眼巨人。

金黄的角
和碧绿的眼睛。

悬崖
乱纷纷
它们显示着海洋
没有结晶的水银。

独角兽和独眼巨人。

一个眼珠
和一种强劲。

对那些可怕的角
谁会有疑心?

造化啊,
快藏起你的靶身!

砍伐三棵树

致埃尔内斯托·阿尔弗特尔①

三棵。

(白昼带着斧头来了。)

两棵。

(银白色拖地的翅膀。)

一棵。

一棵也没有了。

(只剩下水,空空荡荡。)

---

① 埃尔内斯托·阿尔弗特尔(1905—1989),西班牙音乐家。

窗之夜曲

为怀念何塞·德·希里亚·伊·埃斯卡兰特①而作
诗人

一

上面一轮明月。
下面刮着风。

（我长长的视线
开发着天空。）

水上是明月。
月下是风。

（我短短的视线
开发着地面。）

两个姑娘的声音

---

① 何塞·德·希里亚·伊·埃斯卡兰特(1903—1924)，西班牙诗人。

传来。我易如反掌
便从水中的月亮
到了天上的月亮。

二

一只夜的手臂
伸进我的窗。

一只伟大黑色的手臂
一串水镯闪亮。

在蓝色的水晶上
我的灵魂与水晶游戏。

被时钟刺伤的瞬间……
就这样过去。

三

我的头
从窗口探出，
我看到风的刀
多么想把它砍掉。

我将自己

盲目的欲望
都放在了这个
无形的断头台上。

一股柠檬的馨香
充满无涯的瞬间，
那时候风儿
改变着薄纱似的花瓣。

四

今天有一位姑娘
淹死在池塘。
她躺在池塘外
装裹着衣裳。

从头部到大腿
一条鱼儿游荡。
风儿想把她唤醒，
徒劳地叫着姑娘。

她海藻似的头发
披散在池塘
而青蛙在空气里
将她的奶头摇晃。

"上帝会拯救你。"我们
将向水中的圣母祈祷
为了那池塘中的姑娘
她在苹果下面死掉。

然后我在她身旁
放上两个小小的瓢
啊咿！好让她
在咸咸的海水上漂。

一九二三年于大学生公寓

儿　歌(选三)

献给神奇的女孩科伦芭·莫尔拉·维库尼亚，
一九二八年八月十二日酣然入睡

欧洲的中国歌谣

致我的教女伊莎贝尔·克拉拉

一位小姑娘
走在桥面上
手中拿折扇
河水多清凉。

各位绅士们
身上着华装
桥上无栏杆
他们在张望。

这位小姑娘
身穿花衣裙
手中拿折扇

意在找夫君。

那些先生们
都已结过婚
苗条金发女
语言多清新。

蟋蟀叫唧唧
声音来自西。

（这位小姑娘
足踏绿草地。）

蟋蟀叫唧唧
藏在花丛里。

（那些先生们
都向北方去。）

海　螺

致小纳塔莉娅·希梅内斯

2

人们给我带来一个海螺。

一个地图上的海洋
在里面为它歌唱。
阴影和银白色鱼儿
游动的水
充满我的心房。

人们给我带来一个海螺。

雄蜥蜴雌蜥蜴……

致演奏六音阶钢琴的小姐小黛莱莎·纪廉

雄蜥蜴雌蜥蜴
双双在哭泣。

蜥蜴先生和夫人
身穿白围裙。

他们两个粗心大意
不知把订婚戒指丢在哪里。

啊,他们那订婚戒指啊,
啊,外面镀着一层铅皮!

辽阔的天空,没有人影
让鸟儿骑在它的穹隆。

天空的太阳,圆圆的官长,
缎子的坎肩穿在身上。

请看那一对蜥蜴,
老态龙钟,上了年纪!

哭啊,哭啊,不停地哭泣,
多么伤心啊,泪下如雨!

安达卢西亚之歌(选八)

致米格尔·皮萨罗

(按日本不规则对称)

骑手之歌

一八六〇年

强盗
黑色的月亮上
马刺在歌唱。

黑色的马儿啊
将死去的骑手驮向何方?

强盗不会动
马刺多坚强
他已不能牵动马缰。

寒冷的马儿啊

利刃的花朵多么芬芳!

莫莱纳的山梁
鲜血流淌
在黑色的月亮上。

黑色的马儿啊
将死去的骑手驮向何方?

夜晚
将星光
刺在它黑色的两肋上。

寒冷的马儿啊
利刃的花朵多么芬芳!

篝火的角
和一声叫嚷
在黑色的月亮上。

黑色的马儿啊
将死去的骑手驮向何方?

散步的阿德丽娜

大海没有甜橙,

塞维利亚没有爱情。
黑姑娘啊,把你的伞
借给我,太阳火一样红。

这使我的脸色变青
——像酸橙和柠檬——
你的话将像小鱼一样
在我的身边游泳。

大海没有甜橙。
爱情啊,
塞维利亚没有爱情。

我的女孩儿到海上……

我的女孩儿到海上
去数石子和波浪
但是很快却到达
塞维利亚河岸旁。

在夹竹桃和钟之间
荡漾着五条船
水上在划桨
风中在扬帆。

塔楼将塞维利亚装潢

谁在楼中眺望?
五个声音在回答
宛如戒指圆润响亮。

威武潇洒的苍穹
跨在河岸上。
玫瑰色的空中
五枚戒指在摇晃。

黄　昏

　　　　　　　我的露西娅
　　　　　　脚在小溪里吗?

三棵高大的白杨
和一颗星。

青蛙
咬着寂静,
宛似一块彩纱
绣着绿色的眼睛。

一棵干枯的树
在河里漂荡,
重新开出了花朵
在一个个同心的圆上。

我做梦在水上
遇见了格拉纳达肤色黝黑的姑娘。

骑手之歌

科尔多瓦
遥远,孤单。

马儿黑,月儿圆,
我的褡裢里装着橄榄。
科尔多瓦。尽管
熟悉路径,却到不了你身边。

沿着平原,驾着长风
马儿黑,月儿红。
死神望着我
从科尔多瓦的塔顶。

啊,路途多遥远!
啊,马儿多剽悍!
啊,死神等着我
在到达科尔多瓦之前。

科尔多瓦
遥远,孤单。

真　实

啊,要表现出多么爱你
对我是何等的吃力!

为了你的爱情
礼帽、空气、心灵
都会化作苦痛。

是谁为我
买下这宝石的指环,
还有织手帕
用的悲伤的白线?

啊,要表现出多么爱你
对我是何等的吃力!

树木,树木……

树木,树木,
碧绿而又干枯。

采橄榄的姑娘,
漂亮的脸庞。
风儿搂着她的腰肢

宛似塔楼上的情郎。

过来了四个骑手
身着蓝和青,
骑着安达卢西亚小马,
穿着长长的黑斗篷。

"到科尔多瓦去吧。"
小姑娘全然不听。

过来了三个斗牛士
细细的腰肢。
衣服的颜色似甜橙,
古老的银剑佩腰中。

"到塞维利亚去吧。"
小姑娘全然不听。

当阳光已经扩散,
紫色的晚霞布满天空。
过来一位青年,将月宫的玫瑰
和爱神木高擎在手中。

"到格拉纳达去吧。"
小姑娘全然不听。

继续采橄榄,
漂亮的小姑娘。
风儿灰色的手臂
搂在她腰上。

树木,树木,
碧绿而又干枯。

美男儿……

美男儿,
小情郎。
你家在烧百里香。

你不要来,不用往
我已用锁将门锁上。

精致的银钥匙
系在一条丝带上。

丝带上,有字一行:
我的心已在远方。

不要在我的街上徘徊怅惘
让那一切随风飘荡。

美男儿,
小情郎,
你家在烧百里香。

三个带影子的肖像

魏 尔 伦[1]

我永远不会
吟唱的歌
已经在双唇
进入梦乡。
这首歌
我永远不会吟唱。

一只萤火虫
在金银花上
月亮用光芒
将水面刺伤。

那时在梦中
获得的歌,

---

[1] 魏尔伦(1844—1896),法国象征派的重要诗人。

我永远不会吟唱。

那是充满远方的沟壑
和双唇的歌。

那是充满在黑暗中
失去的时光的歌。

那是在永恒的白昼
生气勃勃的星星的歌。

巴　科①

绿色的未经触动的声响。
无花果向我伸出了臂膀。

它的阴影窥视着我抒情诗的影子
宛似金钱豹一样。

月亮数着狗的数目
数错了又重新数。

绿色的黑色的,昨天明天,
你绕着我桂枝做的花环。

---

① 巴科,又译作巴克斯或巴科斯,罗马神话中的酒神。

如果你换掉我的心灵，
谁会像我这样对你钟情？

……无花果向我叫喊
并可怕地增长着向前。

胡安·拉蒙·希梅内斯[①]

他曾将神奇的想象
失落在无垠的白雪、
晚香玉和盐矿。

如今白色走在
鸽子羽毛
织成的无声的地毯上。

没有眼睛，没有表情，
他宁静地忍受着一场梦。
可内心颤动。

他曾将神奇的想象
留在无垠的白色上

---

① 胡安·拉蒙·希梅内斯(1881—1958)，西班牙诗人，一九五六年诺贝尔文学奖获得者。

那是多么纯洁而又漫长的创伤!

在无垠的白色上。
白雪、晚香玉和盐矿。

维 纳 斯

> 我曾这样看到你

年轻的姑娘
死在床的贝壳上,
她没有鲜花和微风
浮现在永恒的阳光。

只剩下世界,
阴影和棉花的百合,
探头在玻璃上
将无穷的变化观望。

死去的姑娘,
从里面耕耘着爱恋。
她的头发消失
在床单的浪花之间。

德彪西[1]

我的影子静静地
沿着渠水离去。

青蛙在我的影子上
已经失去了星光。

阴影将平静的事物
反映在我身体上。

我的影子离去,像紫色
巨大的蚊虫一样。

一百只蟋蟀想
把苇塘的光镀成金黄。

一束光芒诞生在我的胸膛,
那里有清波荡漾。

那喀索斯

孩子。
你会掉进河里!

---

[1] 德彪西(1862—1918),法国作曲家。

　　　　河底有一棵玫瑰,

　　　　玫瑰上有另一条小溪。

请看那只鸟!
请看那只黄色的鸟!

　　　　我的两只眼睛

　　　　都掉进了水中。

上帝呀!
孩子!路滑!

　　　……我自己落在玫瑰丛。

当他迷失在水中,
我懂。但不说明。

游　戏(选一)

献给路易斯·布努埃尔[①]的脑袋
特写

对一位姑娘的耳语

我本来不想。
什么也不想对你讲。

我曾看见两棵疯狂的小树
在你的眼中。
那是黄金、欢笑和清风。

它们在摆动。

我本来不想。
什么也不想对你讲。

---

① 路易斯·布努埃尔(1900—1983),西班牙著名电影导演。

拿手杖的爱神(选三)

一九二五年

致培宾·贝约①

露西娅·马丁内斯

露西娅·马丁内斯。
红色丝绸的身影。

你的大腿宛似傍晚
从光明走向昏暗。
深藏的煤玉
笼罩着你的玉兰。

露西娅,我在这里。
我来消耗你的樱唇
并在贝壳的黎明

---

① 培宾·贝约(1904—2008),西班牙作家,洛尔卡的朋友,被称为"'二七年一代'摄影师"。

拖着你的秀发前进。

因为我愿意并且可能。
红色丝绸的身影。

内　心

我愿不是诗人
也不是风流的男子汉。
令你昏迷的白色床单！

你不了解梦境
也不了解白昼的光明。
你宛似鱿鱼
在芳香的墨汁里沉浸，
双目失明，赤裸全身。
卡门。

小　夜　曲

为纪念洛佩·德·维加而作

当河的两旁
黑夜水汪汪
在罗丽塔的胸脯上
花枝为爱情而枯黄。

花枝为爱情而枯黄。

在三月的桥上
赤裸的夜在歌唱。
罗丽塔沐浴在
盐水和夜来香。

花枝为爱情而枯黄。

茴香和白银的夜晚
在屋顶上闪光
小溪和明镜是白银
你白皙的大腿是茴香。

花枝为爱情而枯黄。

阴　间(选三)

致曼努埃尔·安赫莱斯·奥尔蒂斯①

哑　童

孩子将自己的声音寻觅。
(它在蟋蟀之王的手里。)
孩子在一滴水里
将自己的声音寻觅。

我喜欢这声音并非为了开口
我在用它做一枚戒指
以便将我的沉默
戴在他小小的指头。

孩子在一滴水里
将自己的声音寻觅。

---

① 曼努埃尔·安赫莱斯·奥尔蒂斯(1895—1984),西班牙画家、"二七年一代"成员。

（远方那浮动的声音
身穿蟋蟀的外衣。）

告　别

如果我的生命不复存在，
请你们把阳台打开。

（我从阳台能够看清）
吃甜橙的儿童。

（我从阳台能够感觉）
耕夫在收割小麦。

如果我的生命不复存在，
请你们把阳台打开！

自　尽

或许由于你不懂几何学

小伙子将自己遗忘
在那十点钟的早上。

抹布似的花朵和折断的翅膀
渐渐充满他的心房。

他感到自己的嘴上
只剩下一句话未讲。

当他摘下手套
从手上落下柔软的灰烬。

从阳台上看见一座塔楼
他感到阳台和塔楼就是自身。

他无疑看到棺材中的手表
在怎样将自己观瞧。

他看到自己的影子舒展安详
在洁白丝绸的长发上。

僵硬的几何形的青年
用斧头将镜子打烂。

当打烂它时,一个巨大的阴影
充斥了虚无缥缈的房间。

爱 神(选四)

——带着翅膀和箭

第一 欲望的短歌

在绿色的清晨,
我愿成为心。
心。

在成熟的黄昏
我愿成为夜莺。
夜莺。

(灵魂啊,
披上橙黄的颜色。
灵魂啊,
披上爱情的颜色。)

在充满活力的清晨,
我愿成为自身。
心。

在日落的黄昏
我愿成为自己的声音。
夜莺。

披上橙黄的颜色啊,
灵魂!
披上爱情的颜色啊,
灵魂!

在高中和大学

第一次相遇
还不认识你。
第二次,已熟悉。

请告诉我
空气可曾对你说。

寒冷的早上
我多么悲伤,
事后我却想
痛快地笑一场。

我不认识你。
你却很知情。

我已认识你。
你却又陌生。

现在你我之间
时光冷漠地前行，
一个月如同一座
灰色日子的屏风。

第一次相遇
还不认识你。
第二次，已熟悉。

情　话

致恩里克·杜朗

你想让我告诉你
春天的秘密。

对于秘密，我就像
冷杉一样。

树木的上千个指头
指出上千条小路。

亲爱的,我永远也不会对你讲
河水为什么这么缓慢地流淌。

但我要将你注视的灰色的天
放在我停滞的声音里面。

黑黑的姑娘,为我转转身!
对我的树叶,你可要小心!

再多转几圈,围绕着我的身体,
让我们做爱情水车的游戏。

啊,我不能告诉你
春天的秘密,尽管我愿意。

十四行诗

黑夜的风发出叹息声声,
激动的白银那长长的幽灵
用灰色的手打开我昔日的创伤
并扬长而去:我却在渴望。

生活赋予我的爱的溃疡
喷着永恒的血和纯洁的光。
沉默的夜莺在那裂痕里
将会有树林、痛苦和温馨的巢房。

啊，我心中甜蜜的话语！
我将伸展在那朴实的花朵旁
你失去灵魂的美在那里漂荡。

漫游的水将变成金黄，
而我的血会在岸旁
湿润芬芳的草丛里流淌。

为了结束的歌(选六)

致拉法埃尔·阿尔贝蒂

骗人的镜子

绿色的枝头
没有鸟也没有节奏。

抽泣的回声
没有嘴唇也没有伤心。
人和树林。

我哭泣
面对苦涩的海洋。
我的眼睛里
两个大海在歌唱!

无用的歌

未来的玫瑰和停滞的血,

昨天的紫晶和此时的风,
　　　　我愿将它们忘却!

人和鱼在自己的环境里,在浮动的事物下
在水藻或椅子上等候着自己的黑夜,
　　　　我愿将它们忘却!

　　我。
　　只有我!
　　将托盘加工
　　我的头脑不会去那里。
　　只有我自己!

三月的果园

我的苹果树,
已经有了鸟儿和树荫。

我月亮上的梦
将多么欢快的跳动赋予了风!

我的苹果树,
将它的手臂伸向了碧绿。

从三月我就看到了
一月洁白的前额!

我的苹果树……
(低低的风。)

我的苹果树……
(高高的天空。)

两个水手在岸上

致华金·阿米戈①

一

人们在心灵里
带来中国海的一条鱼。

人们有时会看清
小鱼儿穿过他们的眼睛。

作为水手会忘记
酒吧和甜橙。

请你注视水的动静。

---

① 华金·阿米戈,"二七年一代"成员,洛尔卡的朋友。

二

他有肥皂的舌
洗净自己的语言并沉默。

平坦的世界,高耸的海面,
一百颗星和他的船。

看见了教皇的阳台
和古巴姑娘金色的前胸。

请注视水的动静。

塑像的渴望

传闻。
尽管只剩下传闻。

香气。
尽管只剩下香气。

请从我的身体
抹掉昔日的色彩和记忆。

悲戚。
面对魔幻和活生生的悲戚。

战斗。
在真正和肮脏的战斗里。

请让那无休无止
包围着我家的无形的人群离去!

干橙树之歌

致卡门·莫拉莱斯

樵夫。将我的影子
砍落。
让我从不结果的惩罚中
解脱。

我为何诞生在镜子中间?
白昼让我旋转
而夜晚将映在
所有的星星上面。

我愿在生活中看不见
自己。让蓟菜花儿和蚂蚁
在梦里边
成为我的鸟儿和叶片。

樵夫。将我的影子
砍落。
让我从不结果的惩罚中
解脱。

吉卜赛谣曲集

(1924—1927)

月亮,月亮谣曲

致贡奇达·加西亚·洛尔卡①

身穿晚香玉似的撑裙
月亮来到煅炉上。
孩子将她瞧呀瞧,
孩子将她望呀望。
在充满激情的天上
月亮挥舞着臂膀
多情而又纯贞地显示
锡一般硬实的乳房。
逃吧,月亮,月亮。
吉卜赛人来了
会用你的心
打制洁白的戒指和项链。
孩子,让我跳舞吧。
吉卜赛人来了
会看到你

---

① 贡奇达(昵称)是诗人的妹妹。

闭着小小的眼睛
在铁砧上。
逃吧,月亮,月亮,
我已经感到他们的马蹄声响。
孩子,走开吧,别踏在
我浆过的白色上。

骑手正在靠近
敲着平原的鼓点。
孩子在煅炉中
闭着他的眼睛。
他们从橄榄林来了,
吉卜赛人,青铜和梦。
高昂着头颅,
眯缝着眼睛。

啊,枝头的夜莺
怎样地歌唱!
月亮拉着孩子的手
行走在天上。

吉卜赛人在炉膛
一边哭一边嚷。
月亮依偎着天空。
天空守护着月亮。

漂亮姑娘与风[1]

致达马索·阿隆索[2]

漂亮姑娘过来了
弹着羊皮纸的月亮,
走在月桂和清水
两栖的小路上。
寂静躲避着单调的声响
而且没有星光,
跌落在汹涌歌唱的海洋
多少鱼儿在那里游荡。
山顶上
警卫们进入梦乡
守护着白色的塔楼
那是英国人的厅堂。
水的吉卜赛人

---

[1] 在格拉纳达附近的某些农村,人们对风有一种恐惧心理,认为猛烈的风能使妇女怀孕;还有一种说法:吉卜赛人认为风是魔鬼打的喷嚏。
[2] 达马索·阿隆索(1898—1990),"二七年一代"诗人,一九七八年获塞万提斯文学奖。曾于一九六八年至一九八二年任西班牙皇家语言学院院长。

在岸边消遣游逛,
竖起青松的枝条
搭起贝壳的小房。

*

漂亮姑娘过来了
弹着羊皮纸的月亮。
风一见她便刮起,
它从来不会安详。
圣克里斯托瓦隆赤裸着身体,
浑身是天蓝色的舌头,
看着那姑娘
无意地将悦耳的风笛奏响。

姑娘,让我撩起你的衣裙
好好地将你观赏。
让你腹部蓝色的玫瑰
在我古老的手指上开放。

姑娘不停地奔跑
将手鼓丢在一旁。
雄性的风将她追赶
炽热的剑握在手上。

大海收敛了涛声。
橄榄苍白如霜。

阴暗的短笛
和白雪的锣一齐奏响。

快跑啊,姑娘,漂亮的姑娘,
绿色的风就要把你撵上!
快跑啊,姑娘,漂亮的姑娘!
你看他来自何方!
下流星星的淫棍
多少条舌头在闪光。

*

漂亮的姑娘闯进门去,
心里充满了惊慌,
那是英国领事的家
坐落在松林的上方。

过来了三个警卫,
他们听见了叫嚷,
披着黑色的斗篷
帽子扣在头上。

英国人将一杯温奶
递给吉卜赛姑娘,
又给她一杯杜松子酒
可姑娘不会品尝。

姑娘边哭边讲
和那厮遭遇的情况。
风愤怒地乱咬
在石板的屋顶上。

械 斗

致拉法埃尔·门德斯

阿尔巴塞特的刀①
在悬崖的半腰上,
仇恨②凝结成的血多么漂亮
像鱼儿一样闪光。
纸牌坚硬的光芒
闪烁在陡峭的绿色上
描绘着愤怒的马匹
和骑手们的形象。
两个老妇人啼哭
在一棵橄榄树上。
争斗的公牛
冲上一道道墙。
黑衣天使带来
头巾和雪水。

---

① 在西班牙,阿尔巴塞特生产的刀至今依然有名。
② 指不同家族之间结下的世仇。

阿尔巴塞特的刀
是天使们的翅膀。
蒙蒂利亚的胡安·安东尼奥
滚下陡峭的山梁，
尸体上开满百合，
一颗石榴结在前额上。
现在他乘着
火的十字架，直奔死亡。

*

橄榄林中出现了
法官和宪警的面庞。
流淌的血在呻吟
使蛇停止了歌唱。
宪警先生们说：
事发一如既往。
四个罗马人
和五个迦太基人死亡①。

*

热烈的传言
和无花果疯狂的傍晚
昏迷地跌落在

---

① 在安达卢西亚，这种械斗是由来已久的。有的学校里学生就分成罗马人和迦太基人两派。

骑手们受伤的大腿上。
黑色的天使
在西风中飞翔。
天使们有长长的发辫
和油一般的心房。

梦 游 谣

致葛罗丽亚·吉内尔与费尔南多·德·洛斯·里奥斯①

绿色,我喜欢你呀绿色。
绿色的风。绿色的树枝。
船在海上行驶
马在山中奔驰。
她在栏杆旁入梦
腰肢笼罩着阴影。
绿色的肌肤,绿色的头发,
凉丝丝白银般的眼睛。
绿色,我喜欢你呀绿色,
在吉卜赛人的月光下,
她看不到万物
而万物都在看她。

---

① 这一对夫妇是洛尔卡家的好友。他们的女儿劳拉后与洛尔卡的弟弟弗朗西斯科结婚。

*

绿色,我喜欢你呀绿色。
冰霜结成的硕大的星星
与那黑暗的鱼儿一起到来
那鱼儿在将黎明的道路开通。
无花果用枝条的砂纸
磨砺着黎明的风,
而山头,那偷窃成性的公猫
竖起它尖利的龙舌兰的丝绳。
但是谁会到来?来自何方?……
她依然在栏杆旁,
绿色的肌肤,绿色的头发,
沉浸在苦涩海洋的梦乡。

*

老兄,我愿用自己的马
和您的住房交换,
我愿换您的镜子,用我的马鞍,
我愿用自己的刀换您的绒毯。
老兄,我来自"山羊"码头①,
浑身血迹斑斑。
小伙子,如果我做得到,
我们早就成交。

---

① 该地区位于科尔多瓦与格拉纳达之间,曾是"强盗"出没的地方。

然而我已经变了样,
住房也不再是我的住房。
老兄,我只愿体面地
死在自己的床上。
如果可能,用荷兰麻布的床单
用钢做的床。
您没见我的伤口
从喉咙直到胸膛?
在你洁白的衣襟上
三百朵黑色的玫瑰在开放,
在你的腰带周围
鲜血在发腥,流淌。
然而我已不再是我
住房也不再是我的住房。
请你们至少让我
爬到那高高的栏杆上,
让我上去,让我上到
那绿色的栏杆旁。
水在那些
月亮的栏杆上荡漾。

*

两位干兄弟
向高高的栏杆登攀。
留下泪痕点点,
留下血迹斑斑。

在瓦房的屋顶上
铁的灯盏在摇晃。
千百个玻璃手鼓
在将黎明刺伤。

*

绿色,我喜欢你呀绿色。
绿色的风,绿色的树枝。
两位干兄弟登上了高高的栏杆。
长风将胆汁、薄荷
和芳草的怪味留在了嘴边。
老兄,她在哪里?
你痛苦的女儿在哪里?
请对我明言。
她等了你多少次!
等了你多少时间!
乌黑的头发,鲜艳的俏脸,
在这绿色的栏杆!

*

吉卜赛姑娘
在水面上摇荡。
绿色的肌肤,绿色的头发,
眼睛里闪着凉丝丝的银光。
月亮的冰柱
将她撑在水上。

黑夜变得亲密
像一座小广场。
醉醺醺的宪警们
敲得门儿乱响。
绿色，我喜欢你呀绿色。
绿色的风，绿色的树枝。
船在海上行驶。
马在山中奔驰。

吉卜赛修女

致何塞·莫雷诺·维亚①

石灰与爱神木的寂静。
锦葵在纤纤细草中生长。
修女将桂竹香
绣在草黄色的布上。
七只色彩纷呈的鸟儿
在灰色的蛛网上飞翔。
教堂像一只仰卧的熊
吼叫在远方。
绣得多么好!手艺多么强!
她要把幻想中的花朵
绣在草黄色的布上。
多好的向日葵,多好的玉兰花
在飘带和服饰上开放!
多好的番红花和月亮

---

① 何塞·莫雷诺·维亚(1887—1955),西班牙诗人、画家,洛尔卡住在马德里大学生公寓时的朋友,曾为洛尔卡画过像。

在弥撒的桌布上①！
五枚柚子的香甜
洋溢在附近的厨房。
基督的五处疮痛
阿尔梅里亚②的刀伤。
两匹骏马奔驰
在修女的眸子上。
最后一声响
剥落了她的衣裳,
看到云彩和山岗
在惊愕的远方,
撕破了她甘甜
和芳草的心房。
啊,平原多么宽广
上空有二十个太阳。
直立起来的河流
映出她的幻想！
然而她继续绣着花朵
当微风中直立的阳光
下着象棋
在高高的窗棂上。

---

① 诗人在此处将教堂里的用品"吉卜赛化"了。
② 阿尔梅里亚,安达卢西亚的一个海滨城市。

不贞之妇

致莉迪娅·卡伯雷拉和她的黑人小姑娘[①]

我将她带到河旁
以为是个姑娘
谁知她早已拜堂。

几乎是为了履行诺言
那是在圣地亚哥节日的晚上。
路灯已经熄灭
蟋蟀开始歌唱。
在最偏僻的角落
我抚摩她熟睡的乳房。
它们顿时为我开放
宛似风信子的花儿一样。
她浆洗过的衬裙
在我的耳边作响,

---

① 莉迪娅·卡伯雷拉(1899—1991),古巴民俗学者,洛尔卡在《吉卜赛谣曲集》出版之前结识的朋友。黑人小姑娘是卡伯雷拉家中的侍女,会作诗,洛尔卡对她颇有好感。

好像十把刀子
划在丝绸上。
树冠失去了银光
却好像往高里增长,
无数的狗儿不停地叫,
离河岸很远的地方。

　　　　＊

走过灯芯草和荆棘,
走过黑莓丛丛,
我在她发髻下面
压出了一个泥坑。
我解下领带。
她脱掉衣裙。
我解下带枪的皮带。
她脱掉四层紧身的背心。
无论晚香玉还是海螺
都没有她那么细嫩,
就连月光下的水晶
也没有她那么光润。
像两条受惊的鱼儿,
她的大腿不停地闪动,
一半充满火星,
一半充满寒冷。
那一夜我跑过了
世上最好的路程,

骑着螺钿的小母马
不用镫也不用缰绳。
作为男子汉,我不愿说出
她对我讲的事情。
理智的光辉教我
做人应该谦恭。
亲吻和泥沙将她弄脏
我带她离开了河旁。
百合花的剑柄
正在随风摇荡。

我的表现一如既往,
像真正的吉卜赛儿郎。
送她一个大针线包
缎面像麦草儿一样。
但不愿与她相爱
因为她早已拜堂。
当我把她带到河旁,
却告诉我是个姑娘。

黑色伤心谣

致何塞·纳瓦罗·帕尔多①

公鸡的尖嘴
鹐着黎明的曙光,
索莱达·蒙达娅
走下昏暗的山岗。
浑身是马和阴影的气味,
皮肤像铜一样黄。
乳房像熏黑的铁砧,
将祖传的歌谣吟唱。
索莱达,你在打听谁,
此时此刻,独来独往?
不管打听谁,
告诉我:何关你的痛痒?
我来找我要找的东西,
我的快乐和我人格的分量。

---

① 何塞·纳瓦罗·帕尔多(1890—1971),西班牙阿拉伯语学者,格拉纳达大学教授,洛尔卡的朋友。曾参与创办洛尔卡领导的《雄鸡》杂志。

我痛苦的索莱达,
马儿已经脱缰,
最后会碰到海洋,
会葬身于波浪。
不要和我提海洋,
那黑色的惆怅
生于油橄榄的土地,
伴着树叶的声响。
索莱达,你多么痛苦!
多么可怜的忧伤!
哭得像酸柠檬一样
等待与嘴巴都酸涩。
多么大的痛苦啊!
我在家里忙得发狂,
从寝室到厨房,
两条辫子拖到地上。
多伤心啊!
熏黑了皮肤和衣裳。
啊,我线织的衬衣!
啊,大腿本来像虞美人一样!
索莱达:用云雀香水
将你的身体洗净,
索莱达·蒙达娅
让你的心安宁。

*

河流在下面歌唱:
天空和落叶在飞翔。
新生的曙光
将南瓜花的王冠戴在头上。
啊,吉卜赛人的悲伤!
纯洁而又总是孤独的悲伤。
啊,来自隐蔽的河床
和遥远黎明的悲伤!

米 迦 勒

——格拉纳达

致迭戈·布伊加斯·德·达尔牟①

从栏杆可以看见
沿着山岗,山岗,山岗,
骡子和骡子的身影
葵花子驮在身上。

它们黑暗的眼睛
沉浸在茫茫的夜色中。
天空的拐角处,黎明
充满咸味,瑟瑟作声。

天一样大的白色骡群
闭上不安的眼睛
将心灵的终点

---

① 迭戈·布伊加斯·德·达尔牟,洛尔卡弟弟弗朗西斯科的朋友,外交官。

赋予不平静的朦胧。
水变得寒冷
为了无人去碰。
发疯的水却被山岗
看清,看清,看清。

*

在塔楼的卧室里
米迦勒镶满花边,
漂亮的大腿
装点着一排排灯盏。

温和的大天使
十二点时的表情,
佯装羽毛和夜莺
多么温柔的雷霆。
三千个夜晚的青年,
米迦勒在玻璃中歌唱,
虽然远离花朵
却有花露的芳香。

*

大海起舞在海滩上,
一首阳台上的诗章。
月亮的岸旁,失去了
灯芯草,却赢得了声响。

姑娘们来了,
吃着葵花子,
臀部丰满又神秘
宛似铜的星体。
高贵的绅士和贵妇们来了
他们的表情哀婉,
贵妇们肤色黝黑
是怀念夜莺的昨天。
马尼拉的主教
对番红花视而不见却又贫寒,
说的弥撒分为两面
一面为女一面为男。

*

米迦勒多么平静
在塔楼的卧室中,
身穿凝滞的丧服
缀满了花边和明镜。

米迦勒,球
和奇数之王,
沐浴着第一批
柏柏尔人①的呐喊和目光。

---

① 柏柏尔人,非洲西北部的土著居民。

拉斐尔

——科尔多瓦

致胡安·伊斯吉尔多·克罗塞耶斯①

一

封闭的轿车来到

灯芯草丛生的河岸

波纹在那里磨平

罗马人赤裸的躯干②。

轿车啊,瓜达尔基维尔河

成熟的水晶

在花朵的画面

和阴云的回响中伸展。

孩子们编织并歌唱③

---

① 胡安·伊斯吉尔多·克罗塞耶斯,洛尔卡的朋友,炮兵军官,在西班牙内战中站在共和国一边,后流亡墨西哥。
② 科尔多瓦有许多罗马人留下的遗迹,瓜达尔基维尔河上雄伟的大桥就是其中之一。
③ 人们历来认为拉斐尔是孩子们的保护神。他虽非科尔多瓦市的保护神,但民间对他非常崇拜。

世界的觉醒

在那些古老的轿车边——

它们消失在夜色里面。

然而在朦胧的神秘中

科尔多瓦并没有抖颤,

倘若建筑物

升起烟雾的昏暗

一只大理石的脚

会坚定它纯贞消瘦的光焰。

薄铁片的花瓣

雕出微风

纯洁灰色的浮雕

在凯旋的拱门上伸展①。

当大桥吹来

海神的十种声音,

卖烟草的人

会逃离断壁颓垣。

二

水中一条孤单的鱼

将两个科尔多瓦连在一处;

一边是温柔的灯芯草,

---

① 科尔多瓦有许多尊石柱雕像都叫"拉斐尔的胜利",其中之一就在瓜达尔基维尔河畔一个叫"桥之门"的地方,而且的确是一座凯旋门。

一边是城市的建筑物。
表情冷漠的孩子们
在岸边赤裸着身体，
既有魔术师①的腰肢
又是多俾亚②的门徒，
为了让鱼儿烦恼
便拿它取笑：问它
是否喜欢葡萄酒的花朵
和半个月亮的门弹跳。
然而使水变成金黄色
并使大理石披上丧服的鱼儿
非但将他们教训了一通
还教了他们孤柱的平衡。
被晦涩的阿尔哈米文
迷住的大天使
在波浪的聚会中
寻找摇篮和人声。

*

水中只有一条鱼。
两个科尔多瓦都美丽。
泉中的科尔多瓦已破碎。
天上的科尔多瓦已憔悴。

---

① 原文中的"Merlín"在古代凯尔特人的神话里指魔术师。
② 多俾亚，据《多比传》记载，他是流亡到亚述境内的尼尼微、热心行善的犹太人多比的儿子。

加 百 列

——塞维利亚

致堂阿古斯丁·维努阿莱斯①

一

一个漂亮的灯芯草似的孩子,
细细的腰肢,宽宽的肩膀,
皮肤像夜色中的苹果,
大大的眼睛,嘴角挂着忧伤。
炽热白银般的神经,
在无人的街道上游荡。
他的黑漆皮鞋
踏坏了空气的大丽花
用两种节奏
将天上的送葬短歌吟唱。
在海岸旁,没有棕榈树

---

① 阿古斯丁·维努阿莱斯(1881—1959),西班牙经济学家,洛尔卡的朋友。"堂"是对男子的尊称,女子的尊称为"堂娜"。

没有戴王冠的皇帝

也没有行走的星星

像他那样。

当他的头

垂向大理石的胸膛,

黑夜在寻找平原

因为想跪在地上。

大天使加百列,

雌鸽的驯服者,

柳树的敌人,

六弦琴为他奏响。

加百列:

婴儿在你母腹中哭泣。

不要忘记

吉卜赛人曾给你衣裳。

二

东方三王的喜报

皎洁似月亮,身穿破衣裳。

给星星打开门

他来自街上。

大天使加百列

面带微笑与百合花香,

吉拉尔达①的曾孙,

他前来造访。

在绣花的坎肩里

隐藏的蟋蟀在跳荡。

夜里的星星

都变成了铃铛。

加百列:我带着

三颗快乐的钉,就在你身旁。

你的光辉使茉莉花

在我燃烧的脸上开放。

报喜的天使,上帝会拯救你。

神奇黝黑的姑娘,

你将有一个儿郎

身材比海风还漂亮。

啊,加百列,我的眼睛!

小加百列,我的生命!

为了让你坐下

我梦见一个石竹的沙发。

上帝会拯救你,报喜的天使,

皎洁似月亮,身穿破衣裳。

在你儿子的胸膛

会有一颗痣和三个创伤。

啊,闪光的加百列!

~~~~~~~~~~~~

① 吉拉尔达,建于十二世纪的清真寺尖塔,后成为十六世纪扩建完成的塞维利亚圣母主教座堂的一部分。

小加百列,我的生命!
在我的乳房深处
温和的乳汁在酝酿。
上帝会拯救你,报喜的天使,
一百个王朝的母亲。
你的眼睛像火焰一样闪亮
映着出色骑手们的风光。

※

那个孩子歌唱
在吃惊的报喜天使的怀中。
三颗青杏的子弹
在他稚嫩的声音里颤动。
加百列已经
沿阶梯攀上天空。
夜晚的星星
变成了千日红。

被　捕[1]

致马尔加丽达·希尔古[2]

安东尼奥·托雷斯·埃雷迪亚，
坎波里奥的子孙，
去塞维利亚看斗牛
手拿一条藤棍。
绿月亮的黑小伙儿
缓缓而行，风流潇洒。
两眼之间
闪耀着烫蓝的卷发。
路途中
采下圆圆的柠檬
并将它们丢到水上
直到使水变得金黄。
半路上，

---

[1] 这首诗原来的标题为《绰号坎波里奥的小安东尼奥在去塞维利亚的路上被捕》。
[2] 马尔加丽达·希尔古（1888—1969），西班牙表演艺术家，洛尔卡的朋友。他们二人是当时西班牙乃至拉美剧坛的代表人物。

榆树旁,
巡警将他逮捕,
将他的双手捆绑。

*

白昼缓缓地行进,
将黄昏扛在肩膀,
将长长的斗牛服
献给小溪和海洋。
油橄榄在等候
摩羯星的夜晚
一阵微风,骑着骏马,
跨过铅铸的山峦。
安东尼奥·托雷斯·埃雷迪亚,
坎波里奥的子孙,
被五个三角帽押来,
手中已没有藤棍。

安东尼奥,你是何人?
倘若你叫坎波里奥,
早应化作
五条血流的盆。
你不是任何人的子孙,
也不配做坎波里奥的后人。
独自在山中行走的吉卜赛人
早已荡然无存!

古老的刀子
在灰尘下呻吟。

    *

他被关入牢内
在晚上九点钟，
而所有的宪警
都喝着柠檬水。
在晚上九点钟
他被关入牢房，
天空在闪光
像马驹的臀部一样。

绰号坎坡里奥的小安东尼奥①之死

致何塞·安东尼奥·卢比奥·萨克里斯坦②

死的声音回荡

在瓜达尔基维尔河旁。

这古老的声音笼罩着

雄性石竹的叫嚷。

它咬住他们的靴子

宛似野猪一样。

像涂了肥皂的海豚

在搏斗中跳荡,

对手的鲜血

在殷红的领带上流淌,

但他也四次

被匕首刺伤。

当天上的星星

---

① 小安东尼奥,格拉纳达的一个吉卜赛人,一天从马上摔下,被随身携带的利刃刺死。诗中显然已有诗人虚构的成分。
② 何塞·安东尼奥·卢比奥·萨克里斯坦(1903—1995),西班牙学者,洛尔卡的朋友,曾与他住同一宿舍。

将银针刺在灰色的水面,
当幼小的公牛
梦见紫罗兰的躲闪①,
死的声音回荡
在瓜达尔基维尔河旁。

*

安东尼奥·托雷斯·埃雷迪亚,
鬃毛坚硬的坎坡里奥,
绿色月亮的黑汉,
雄性石竹的呐喊:
是谁让你命丧黄泉
在瓜达尔基维尔河畔?
我的四个埃雷迪亚家的表兄弟
贝纳梅希村的子弟。
同样的事物,对别人不会
对我却会妒忌,
蓝色的鞋,
象牙的宝盒
和这用橄榄与茉莉
美化的面皮。
人称坎坡里奥的小安东尼奥,
当之无愧啊,
哪怕和一位皇后结为夫妻!

① 指一种斗牛的动作。

请你把圣母牢记
因为你要死去；
啊,费德里科·加西亚
请把宪警叫来!
我的身躯,如同玉米秆儿
已经解体。
三次血淋淋的打击
使他侧身死去。
就像一枚永远不会
再出现的有生命的钱币。
一个英俊的天使
将他的头颅放在软垫上。
另一些满脸倦容和羞愧的天使
将一盏灯点亮。
当四个表兄弟
抵达贝纳梅希
死神在瓜达尔基维尔河畔
已经销声匿迹。

殉 情 者

致马尔加丽达·曼索①

那是什么
照耀着高高的回廊?
孩子啊,将门关上,
十二点刚才已敲响。
无意间在我的眼中
闪烁着四盏灯。
可能是人们
在将铜器擦净。

*

白银挣扎的蒜瓣
正在缩小的月亮,
将黄色的秀发
撒在黄色的塔楼上。
夜晚颤抖着

---

① 马尔加丽达·曼索(1908—1960),西班牙画家,洛尔卡的朋友。

呼唤阳台的玻璃窗,
上千条不认识她的狗
对她紧追不放,
从一道道回廊
飘来葡萄酒与琥珀的芳香。

*

湿润翠竹的微风
和古老话语的声响
回荡在午夜
破损的拱门上。
耕牛和玫瑰已进入梦乡。
只有那四盏灯光
用圣乔治的愤怒[①]
呐喊在一道道回廊。
山谷里伤心的女人们[②]
带来她男子汉的血浆,
年轻股骨的苦痛,
被剪下的花朵的安详。
河旁年迈的妇女
在山下哭得心伤,
头发和名字的每一分钟
是何等地漫长。

[①] 圣乔治,士兵的保护神,在民间故事中曾愤怒地杀死恶龙。在此连同上文"四盏灯光"是年轻人预感到的死神的象征。
[②] 从这句起,诗人描述年轻人在幻景中看到的自己死后的情况。

正面的石灰墙
使夜晚变白变方。
天使们和吉卜赛人
将手风琴奏响。
娘啊,当我离开人世
让长官们知道我已死亡。
发出蓝色的电报
从南方传到北方。

七声叫嚷,七处血浆,
七朵重瓣的罂粟
在昏暗的厅堂
打破朦胧的月亮。
誓言的海洋
充满被砍断的手
和花朵的王冠,
我不知在何处回响。
树林突发的声音
被苍天一次次关上,
而那一盏盏灯光
呐喊在高高的回廊。

被传讯者谣

致埃米里奥·阿拉德伦①

我不停息的孤独!
我身体小小的眼睛
和我马匹大大的眼睛,
在夜间不要合拢,
也不要注视另一侧,
一个十三条船的梦
正从那里向远方航行。
警醒的侍从
纯洁而又坚强,
我的眼睛注视着
金属和悬崖的北方,
我没有血管的身体
在那里与冰冻的纸牌磋商。

---

① 埃米里奥·阿拉德伦(1906—1944),西班牙雕刻家。

*

水中雄壮的耕牛
将那些小伙子攻击,
他们沐浴在
它们波动的犄角的月亮里。
锤声歌唱
在梦游的铁砧上,
骑手和马儿
难以入梦乡。

*

六月二十五日
人们对阿马尔戈说道:
如果你愿意
可以采院中的夹竹桃。
在门上画一个十字
并在下面标上你的名号,
因为将从你的肋部
生出毒芹和荨麻的根苗
而石灰湿漉漉的针
将把你的鞋儿啃咬。
在夜晚的黑暗中
沿着具有磁性的山坳,
水的耕牛将在梦里
畅饮灯芯草。

请将钟和灯光索要。
要学会袖手旁观
品味金属和悬崖
寒冷的气团。
因为两个月之后
你将装裹入殓。

*

圣地亚哥在空中
将星云的长剑舞动。
穹窿从脊背溢出
深沉的寂静。

*

六月二十五日
阿马尔戈二目圆睁,
八月二十五日
他躺下闭上了眼睛。
人们走下街巷
将被传讯者观看,
他用安息将自己的孤独
固定在墙壁上面。
洁白无瑕的床单
具有罗马人顽强的特点,
将平衡赋予死神
用它布料的直线。

西班牙宪警谣

致诗神总领事——胡安·格雷罗[①]

黑色的马。
黑色的铁蹄。
斗篷上闪着
墨汁和蜡油的痕迹。
铅水铸成的头颅
从来不会哭泣。
他们从公路上降临
带着漆黑的灵魂。
他们在夜间出动,驼背躬身。
哪里有活跃的气氛
他们就到哪里
布下细沙般的恐惧,
黑色橡胶的沉闷。
他们想去哪里就去哪里,

[①] 胡安·格雷罗(1893—1955),西班牙穆尔西亚《诗歌与散文》的出版者,洛尔卡在一九二八年三月的信中也如此称呼他。

头脑中藏着手枪的天体
风云莫测,扑朔迷离。

*

啊,吉卜赛人的城市!
街头彩旗飘飘。
月亮和南瓜
还有罐装的樱桃。
啊,吉卜赛人的城市!
谁能不记在心头?
痛苦和麝香的城市
还有桂皮的塔楼。

*

当夜幕降临
黑夜,黑夜沉沉,
吉卜赛人在炉膛
锻造箭和太阳。
一匹受重伤的马
呼唤各家的门。
边境的雪利酒城①
玻璃的公鸡在啼鸣。
赤裸的风

---

① 边境的雪利酒城,即赫雷斯-德拉弗龙特拉,西班牙西南部城市,以产雪利酒闻名。

在吓人的街头转身,
沉沉夜,沉沉黑夜
夜沉沉,黑夜沉沉。

*

圣母与圣约瑟
丢失了他们的响板,
去问吉卜赛人
看能否找见。
圣母来的时候身穿
巧克力纸
做成的市长太太的衣衫,
脖子上戴着杏核穿成的项链。
圣约瑟的双臂
在丝绸的斗篷下动弹。
佩德罗·多梅克①跟着他们,
三位波斯国王紧随后边。
半圆形的月亮,在梦想
白鹳的快乐陶然,
旗帜和灯盏
在屋顶上迷漫。
在许多镜子上面
失去胯骨的舞女们
泣涕涟涟。

---

① 佩德罗·多梅克,安达卢西亚地区有名的牧场主。

在边境的雪利酒城,
黑暗与水,水与黑暗。

*

啊,吉卜赛人的城市!
街头彩旗飘扬。
"功臣"①们来了
快熄灭你绿色的灯光。
啊,吉卜赛人的城市!
见了你谁会遗忘?
你们将她撇在大海的远方。
没有镜子怎梳妆。

*

奔向狂欢的城市
他们排成两行。
在千日红丛中
子弹盒窸窣作响。
他们分两路前进。
夜色双倍地漆黑。
他们突发奇想,
天空像马刺的橱窗。

---

① 这是人们送给宪警的"雅号"。

*

无所畏惧的城市,
打开所有的门廊。
四十名宪警
一齐往里闯。
时钟停止了走动,
白兰地的酒瓶
为了不引起怀疑
装成了十一月的面容。
一阵漫长的喊声
在风标上飞腾。
马刀劈着清风,
铁蹄也将它欺凌。
街上一片漆黑,
老妇们四处逃命。
熟睡的马牵在手里,
钱罐抱在怀中。
沿着街道的陡坡
漆黑的斗篷在猛冲,
身后留下了
剪刀飞快的旋风。

吉卜赛人集中
在伯利恒的门廊。
圣约瑟鲜血淋漓

在装裹一位姑娘。
顽固、刺耳的枪声
将整个黑夜震荡。
圣母用星星的唾液
为孩子治伤。
然而宪警的队伍
边走边把火放，
青春和天真的想象
通通在那里烧光。
坎波里奥家的罗莎
呻吟着坐在门旁，
被割下的乳房
放在托盘上。
其他的姑娘在奔跑
辫子在身后摇荡，
黑色火药的玫瑰
在空气中怒放。
当所有的屋顶
变成地上的田垄，
在岩石长长的侧影中
升起晃着肩膀的黎明。

*

啊，吉卜赛人的城市！
当烈火在你的身旁燃烧，
宪警们越走越远

沿着寂静的地道。

啊,吉卜赛人的城市!
见了你谁会遗忘,
让人们在我的前额上寻找你。
月亮与黄沙的游戏。

历史谣曲三首

圣奥拉娅的苦难[1]

致拉法埃尔·马丁内斯·纳达尔[2]

一 梅里达全景

长尾巴的马
在街上暴跳和驰骋,
罗马的老兵
赌博或睡眼蒙眬。
密涅瓦的半座山岗
张开没有叶子的翅膀。
悬在空中的水给岩石的棱角
镀上一层层金黄。
夜晚充满躺着的躯干

---

[1] 诗人于一九二六年十一月写给豪尔赫·纪廉的信中,该诗的标题为《梅里达的吉卜赛女郎圣奥拉娅遭难谣》。
[2] 拉法埃尔·马丁内斯·纳达尔(1903—2001),西班牙作家、评论家,洛尔卡的好友。

和打破了鼻子的星星，
为了彻底崩溃
而等候着黎明的裂缝。
红色鸡冠的诅咒声
不时地响起。
神圣姑娘的呻吟
打破酒杯的玻璃。
轮子将刀和弯钩
磨出锐利的刀锋。
铁砧的公牛在吼叫，
梅里达充满
几乎醒来的晚香玉
和黑莓的枝茎。

二 苦 难

赤裸的花朵沿着
水的台阶拾级而上。
执行官要一个托盘
放奥拉娅的乳房。
绿色血管的喷涌
冲破她的喉咙。
她的"性"宛似鸟儿
颤抖在黑莓丛中。
地上一塌糊涂，
被砍伤的双手乱动
倒还能画个十字

伴随着微弱的
断断续续的祈祷声。
从她胸脯
血红的洞
可以看到乳汁的细流
和微型的天空。
上千棵血的小树
覆盖着她的脊背，
湿乎乎的树干
对抗着火焰的刀锋。
黄色的百人队长，
灰色的肌体紧张，
他们到了天上
银白色的甲胄
不停地发出声响。
当肌体和脊背的激情
模糊地颤抖
执行官用托盘端来了
奥拉娅被熏黑的乳房。

三　地狱与天堂

波涛奔涌的雪在安息。
奥拉娅悬挂在树上。
她煤炭似的裸体
染黑了冰冷的空气。
绷紧的夜在闪光。

奥拉娅死在树上。
城市在缓缓地行动
倾倒着墨水瓶。
服装师黑色的模特儿们
将田野的雪遮笼,
她们排着长长的队列
哀叹她残废的寂静。
白雪开始融解。
洁白的奥拉娅在树上。
镍的队伍将十字镐
聚集在她的身旁。

*

一个圣体匣照耀着
烤红的天空,
周围小溪的喉咙
和枝头上的夜莺。
彩色的玻璃在跳动,
洁白的奥拉娅在洁白中!
天使们和美人们齐声说:
神圣,神圣,神圣。

讽佩德罗骑士

——湖泊谣曲

致赫安·卡索乌①

沿着一条小径
来了佩德罗先生。
啊,请看这位骑士
哭得珠泪纵横!
没带嚼子的骏马
任它缓行疾奔,
一为寻找面包
二为寻求亲吻。
由于这位骑士
哭得不清不明,
家家的窗户
都在向风打听。

第 一 个 湖

在水的下面
话语在继续。
在水的上面
一轮明月

---

① 赫安·卡索乌(1897—1986),法国作家、文艺评论家,生于西班牙。

在沐浴,
使另一个月亮羡慕,
她在那么高的高处!
一个男孩儿
在岸旁
看到两个月亮
说:夜啊,请把盘子敲响!

继 续

佩德罗先生
来到远方的城。
一座黄金的城市
周围是雪松。
可是伯利恒?
迷迭香和芳草
洋溢在空气中。
阳台和云彩在闪光。
佩德罗先生
从破拱门中穿行。
两个女人和一个老汉
大银蜡烛手中擎
出来将他迎。
山杨树说:不行。
夜莺说:让我们看个究竟。

第二个湖

在水的下面
话语继续交谈。
在梳理过的水面
一圈鸟儿和火焰。
在芦苇丛中,
知道缺什么的见证。
具体的梦想
和没有吉他木料的北方。

继　　续

两个女人和一个老汉
在平坦的路
手持大银蜡烛
一起去坟墓。
在番红花丛
见到佩德罗先生的
阴暗的马匹
早已经死去。
傍晚神秘的声音
在天空乞讨。
冥冥中的独角兽
在水晶中打碎了角。
远方伟大的城市
已经被点燃

一个人在地里
两眼泪涟涟。
北方有一颗星星。
南方有一个海员。

最后的湖

在水的下面
是话语。
消失声音的淤泥。
在变冷的花朵上，
佩德罗先生被忘记。
啊,他在与青蛙游戏!

他玛与暗嫩①

致阿丰索·加西亚·瓦尔德卡萨斯②

照耀着无水的大地
月亮旋转在天空
而夏季在播种
老虎和火焰的叫声。
在一座座屋顶上
金属的神经在回响。

---

① 他玛与暗嫩,《圣经》中的人物,以色列王大卫的儿女。
② 阿丰索·加西亚·瓦尔德卡萨斯(1904—1993),西班牙法学教授,洛尔卡的朋友。

卷曲的风来了
带着羊毛的叫嚷。
大地奉献自己
充满伤疤的躯体
或许是由于受白色光芒
强烈的烧灼而战栗。

*

他玛梦想
鸟儿在她的喉咙歌唱，
伴随寒冷的手鼓
和半月形西塔拉的音响。
她赤裸的身体在屋檐下
枣椰树严酷的北方，
为腹部要求雪片，
为背部要求冰霜。
他玛在阳台上
赤裸着身体歌唱。
在她双脚的周围
五只鸽子已冻僵。
暗嫩消瘦但却结实，
在塔楼将她观望，
大腿根布满泡沫，
下巴不停地摇晃。
她被照亮的裸体
伸展在阳台上。

她的心被箭射中，
口里在轻轻地叫嚷。
暗嫩仰头观望
又圆又低的月亮，
他在月亮上看到
妹妹鼓鼓的乳房。

*

暗嫩在三点半钟
躺在自己的床上。
整个卧室都在受苦
他的眼中长满了翅膀。
充实的阳光
将村庄在褐色的沙滩埋葬
或者发现玫瑰和大丽花的珊瑚
转瞬即逝的开放。
井中压出的白色汁液
在罐中不声不响。
伸展的眼镜蛇
在树干的苔藓上歌唱。
暗嫩在卧室呻吟
床单多么清爽。
打冷战的常春藤
覆盖在他烧焦的肌体上。
他玛静静地
走进静静的卧房。

血管和多瑙河的颜色
遥远的遗迹在荡漾。
他玛,用你坚定的曙光
将我的眼睛擦亮。
我的血流编织花边
在你的裙子上。
哥哥啊,请让我安详。
你在我背部的亲吻
是微风与黄蜂
蜇在笛子双倍的群体上。
他玛,你隆起的乳房
在呼唤我,像两条鱼儿一样,
在你的手指肚上
有被埋葬玫瑰的声响。

*

国王的一百匹马
在院中嘶鸣。
太阳在木桶中
与纤细的葡萄藤抗衡。
他揪她的头发
又扯她的衬衣。
温和的珊瑚
在金色地图上描画着小溪。

*

啊,在屋顶上
人们听到多么可怕的叫嚷!
多么稠密的匕首
撕得粉碎的衣裳。
奴隶们上来下去
在昏暗的楼梯。
在停止飘动的云下
活塞和大腿在嬉戏。
在他玛的身旁
吉卜赛少女们在叫嚷
还有的在收集
她被摧残的花朵的血滴。
洁白的衣裙变成了红色
在关闭的卧室里。
温柔曙光的声息
改变着葡萄的嫩枝和鱼。

*

狂暴的强奸者,
暗嫩骑着他的小马逃亡。
黑人射向他的箭
射在墙壁和岗楼上。
大卫用剪刀
剪断了竖琴的琴弦,

当四个马蹄
变成了四声回响。

ofs
颂　　歌(选二)

(1924—1929)

萨尔瓦多·达利的颂歌

一朵玫瑰在你想要的高高的花园。
一个轮子在纯粹的钢的构造里。
清晨完全脱去了印象派的云雾。
灰色俯视它最后的栏杆。

现代画家们在白色的研究里,
从完整的根部将花朵剪去。
一个大理石似的流冰在塞纳河的水中
冷却着窗户并驱散常春藤。

那个人用力践踏街道瓷砖铺的地面。
玻璃在躲避折射的魔幻。
政府封闭了出售香料的商店。
机器使两脚规的节奏化为永远。

对树林、眉心和屏风的怀念
在古老房屋的瓦顶上游荡。
空气在海上将自己的棱镜磨光
地平线宛似巨大的引水渠冲天而上。

对风和昏暗一无所知的水手,
将美人鱼斩在铅色的海洋。
夜晚,谨慎黑色的雕像,
将月亮的圆镜拿在手上。

追求形式和界线的欲望征服了我们。
用黄色的格调观察的人正在来到。
维纳斯是一个死去的白色的自然
而蝴蝶的收集者们都在逃跑。

*

卡达盖斯①,在水的和山坡的忠诚里,
将阶梯竖起而将海螺隐蔽。
木制的短笛在平和着空气。
古老野生的神将水果分给孩子。

他的渔夫们在沙滩上睡觉,没有梦幻。
大海上一朵玫瑰是他们的罗盘。
受伤头巾的纯贞的地平线
使鱼和月亮巨大的玻璃紧紧相连。

一顶白色双桅帆船坚硬的王冠
缠绕沙砾的头发和苦涩的前额。

---

① 卡达盖斯,西班牙加泰罗尼亚东部城镇,达利故居的所在地。

如果我们端出一杯淡水
美人鱼会出来,会将人劝说而不是将人迷惑。

*

啊,萨尔瓦多·达利,你有油橄榄的声音!
我不将你那年轻人不完美的画笔
和你那巡视时代神韵的色彩赞扬,
但是我歌颂你对有限永恒的渴望。

纯净的灵魂,你生活在崭新的大理石上。
从令人难以置信的形式的昏暗森林逃亡。
你的精灵能到达你的双手到达的地方,
在你的窗口享受大海十四行的诗章。

世界无声朦胧的凌乱,
在人类常来常往的最初的文字上。
但星星指出它范畴内的完美的图像,
掩藏着各种不同的风光。

时间的流动在停滞并发号施令
在一个又一个世纪的数字的形式上。
在现时瞬间紧紧的圆圈里
被战胜的死神在颤抖着躲藏。

当拿起你的调色板,有一枪打在翅膀上,
你要求鼓舞橄榄树冠的光芒。

脚手架的建造者,密涅瓦①宽阔的光芒,
盛不下她模糊的花朵和梦想。

你要求留在前额上的古老的光芒,
不下降到口也不下降到树林的心房。
酒神内心的葡萄藤惧怕的光芒,
惧怕它的还有不服从曲折的水的力量。

你做得对,在照耀夜晚
昏暗的界线,设下传令的小旗。
作为画家,你不愿形式为你
软化意想不到的云变化莫测的棉絮。

你不愿在海洋和风里发明
笼中的鸟和缸里的鱼。
观察之后用诚恳的目光
模拟或创作它们灵活的躯体。

你热爱准确无误的材料
蘑菇不能在那里扎下自己的营地。
你热爱在无形中搭起的建筑
只有作为简单的玩笑你才接受每一面旗。

钢铁的节拍诉说它简短而有弹性的诗句。

---

① 密涅瓦,罗马神话中的智慧女神,对应希腊神话中的雅典娜。

地球已解除了陌生的岛屿。
直线将自己垂直的努力解说
而晶莹的智者歌唱自己的几何。

*

还有你生活花园的玫瑰。
玫瑰总是,总是我们的南和北!
宛似一尊盲目的雕像,安静而又聚精会神
对它被埋没的努力却无知而又愚昧。

没有任何造作痕迹的纯洁的玫瑰
为我们张开了微笑温柔的翅膀。
(被钉住的蝴蝶在测量自己的飞翔)
平衡的玫瑰没有刻意追求的悲伤。
总是玫瑰!

*

啊,萨尔瓦多·达利,你有油橄榄的声音!
我在讲你的人格和作品对我宣讲的话。
我不能将你年轻人不完美的画笔赞扬,
但要歌唱你的箭的坚定的方向。

我要将你加泰罗尼亚光明美好的努力颂扬,
将你对可能事出有因的一切爱情歌唱。
我歌唱你温柔的世界性的而且是
法国式的未受到任何创伤的心房。

歌唱你不懈追求的对塑像的渴望，
歌唱你对在街上等候的激情的恐惧。
我要歌唱你大海的美人鱼
她骑在珊瑚和海贝的自行车上。

然而我首先要歌唱一个共同的思想
它将我们融合在昏暗和金色的时光。
使我们失去视力的光明不是艺术。
首先是爱情、友谊或剑的较量。

首先是你耐心地绘画
黛莱莎的胸怀，她有着永无睡意的面庞，
负心人玛蒂尔德束紧的发卷，
我们的友谊被画得像升级的牌戏一样。

打字的血痕留在黄金上，
线条画在加泰罗尼亚永恒的心房。
星星宛似没有游隼的拳头将你照亮
当你的绘画和生活像花儿一样开放。

不要管那暗示强硬的死神，
也不要看那薄膜滴漏的翅膀。
你空气中的画笔无论是赤裸还是穿着衣裳
总要面向充满船只和水手的海洋。

孤　独

——为纪念路易斯·德·莱昂修士[①]而作

> 艰难的节制：
> 世界在寻觅一种洁白，
> 完美，永久的消失？
> ——豪尔赫·纪廉

思考的孤独
在岩石与玫瑰、死亡与失眠上，
自由而又拘束地在那里
在自己白色的飞翔中坚定地歌唱
被冰霜伤害的光芒。

无限的寂静
与建筑风格的孤独，
密林中
鸟儿悬在空中的短笛
未能钉住你昏暗的肌体。

[①] 路易斯·德·莱昂修士(1527—1591)，西班牙著名的神秘主义诗人。

我留给你
忘却的血管的暴雨,
我凝结的腰肢:
将锁链打碎,
我将是沙地上柔弱的玫瑰。

我的裸体的玫瑰
在石灰的壁毯和无声的火上,
当结儿被打破,
失去光明,将月亮摆脱,
从你平静坚定的涟漪中穿过。

*

在河湾里
双重的天鹅将自己的洁白歌颂。
潮湿但并不寒冷的声音
流出它的喉咙,
在灯芯草中滚动上升。

裸体的男孩儿
用面粉的玫瑰测量河岸,
当树林
在玻璃和木材的声息中
将自己最初的音乐加工。

要求永恒的千日红的合唱
在疯狂地旋转。
它们富于表情的特点
刺伤渗透着
孤独的地图的两半。

竖琴和它嵌在黄色金属
神经上的怨声,
诸多温柔的乐器
响亮或者细腻,
孤独啊,都在将你冰冷的王国寻觅!

当你,声音的绿色恶习
尚未深入,
既没有可能的高度
也没有熟悉的嘴唇
使我们的呻吟从那里向你靠近。

诗人在纽约

(1929—1930)

致贝韦与卡洛斯·莫尔拉

本篇作于一九二九年至一九三〇年
诗人在哥伦比亚大学期间。

一　哥伦比亚大学孤独的诗篇

> 爱情之色的愤怒
> 忘却之色的爱情。
> ——路易斯·塞尔努达

漫步归来

被天空杀害。
我将在寻找玻璃
和奔向蛇的形式里
让自己的头发发育。

与不会唱歌并具有残肢的树在一起
与脸庞像鸡蛋一样洁白的孩子在一起。

与打破了脑袋的小动物在一起
与干燥双足上破烂不堪的水在一起。

与一切具有聋哑疲倦的东西在一起
与淹死在墨水瓶中的蝴蝶在一起。

与我每天不同的面孔相碰。
杀害我的是天空!

一九一〇
——间奏

我那双一九一〇年的眼睛
没见过将死人埋葬
没见过在黎明中哭泣的人那骨灰的市场
以及那像小海马一样在角落里颤抖的心脏。

我那双一九一〇年的眼睛
见过女孩儿们撒尿的白墙,
公牛的拱嘴,有毒的蘑菇
和一轮不可思议的明月,将角落里
一块块在又黑又硬的酒瓶下的干柠檬照亮。

那时我的眼睛注视着母马的脖颈,
注视着沉睡的圣罗莎透明的前胸,
注视着拥有呻吟与清凉双手的屋顶,
注视着猫儿吃着青蛙的花园。

阁楼上多年的灰尘覆盖着雕像和青苔,
盒子里存放着被吞食的螃蟹的寂静。
那里有我小小的眼睛。

梦想与现实在那里相碰。

什么也不要问我。我看到当事物
寻找脉搏而找到的却是自己的空虚。
在无人的空中有一种空洞的痛苦
而我眼中的娃娃穿着衣裳却没有躯体！

三个朋友的童话和轮子

恩里克，
埃米里奥，
洛伦索。

三人都已冻结。
恩里克被床的世界，
埃米里奥被眼和手的创伤的世界，
洛伦索被没有屋顶的大学的世界。

洛伦索，
埃米里奥，
恩里克。

三人都已被烧焦毁灭。
洛伦索被一个书页和台球的世界，
埃米里奥被鲜血和白色发卡的世界，
恩里克被死者和被抛弃的报纸的世界。

洛伦索,
埃米里奥,
恩里克。

三人都已被埋葬。
洛伦索在弗罗拉的乳房,
埃米里奥在遗忘杯中的杜松子酒,
恩里克在鸟儿空洞的眼睛,在蚁穴,在海洋。

洛伦索
埃米里奥,
恩里克。

三个人在我的手中
曾是三座中国的山峰,
三个马的阴影,
三个雪的风景和一个百合的茅屋
月亮在鸽巢中被公鸡压成扁平。

一个
两个
三个。

三人都变成了木乃伊。
和冬天的苍蝇,

和刺儿菜蔑视、狗尿出的墨水瓶,
和使所有母亲的心冻结的海风一起,
在朱庇特白色的废墟、醉汉们用死亡充饥。

三个
两个
一个。

我看见他们不知所措地哭泣和歌唱
为了一个鸡蛋,
为了展示他们香烟骷髅的晚上,
为了我的痛苦,它充满月亮带刺的碎片和脸庞,
为了我齿轮和皮带的欢畅,
为了我被鸽子搅乱的胸膛,
为了我那只有一个误入迷途的漫步者的荒凉的死亡。

扇子和掌声在泉旁饮水,
我杀死了第五个月亮。
刚刚分娩的产妇温和的乳汁
用白色长长的痛苦将玫瑰摇荡。

恩甲克,
埃米里奥,
洛伦索。

狄安娜坚强

但不时有阴云笼罩的乳房。
白色的石头会跳动在小鹿的鲜血上
而小鹿也会通过一匹马的眼睛幻想。

当纯洁的形式
在珍珠的响声中沉没,
我明白了人们已经杀害了我。
他们走遍了咖啡馆、教堂和墓地。
将木桶和衣柜打开。
打碎了三具骷髅为了将他们的金牙摘取。
他们已找不到我的踪迹。
没找到我吗?
没有。他们无能为力。
然而他们知道第六个月亮从天上逃离,
海洋,突然地!
将所有溺水者的名字想起。

在芒通①的童年

> 是的,你的童年:已是源泉的童话。
> ——豪尔赫·纪廉

是的,你的童年:已是源泉的童话。
火车和那充满天空的女人。

---

① 芒通,法国东南部普罗旺斯-阿尔卑斯-蓝色海岸大区的一个城镇。

你的孤独在旅店中藏匿
而你纯洁的假面是另一种标记。
那是大海的童年和你的沉默——
明智的玻璃在那里解体,
那是你僵硬的无知:我的躯干
在那里受着火的局限。
我曾给你爱的方式,阿波罗的人,
和痴迷的夜莺结为伴侣的哭泣,
然而,破产的牧草,为了短暂
游移的梦幻,你在将自己磨砺。
面前的思想,昨天的光芒,
意外的象征和标记。
你不平静的沙子的腰肢
只照顾不会攀登的痕迹。
然而我带着被捕获的阿波罗的痛苦——
我曾用它打破你的面具,
在各个角落里将你温柔的灵魂寻觅——
它失去了你而且并不理解你。
那里有雄狮,那里有天空的怒火,
我将让你在我的面颊上吃草,
那里有我疯狂的蓝色的马,
星云和分针的脉搏。
我要寻找蝎子的石头
和你年幼母亲的衣衫,
夜半的哭声和月亮从死人的太阳穴上
取下的破碎的黑斑。

是的,你的童年:已是源泉的童话。
我的血管的空洞而又奇异的灵魂,
我要寻找你,你幼小而且没有生根。
永恒的爱,从未有过的爱!
啊,是的,我爱。爱情啊!爱情!请让我如意随心。
在雪地上寻找农业之神麦穗的人们
或在天上阉割牲畜的人们,
解剖的诊所和森林,
不要封住我的双唇。
爱,爱,爱。大海的童年。
你那失去了你而且并不理解你的温柔灵魂。
爱,爱,爱是一种母狍
在那洁白无垠的胸脯上的飞奔。
你的童年,爱情啊,你的童年。
火车和那充满天空的女人。
不是你,不是我,不是空气也不是树叶。
是的,你的童年,已是源泉的童话。

二 黑 人

致安赫尔·德尔·里奥[①]

黑人的准则与天堂

他们仇恨那只鸟的阴影
落在白色脸庞的大海的潮峰
仇恨光明与风的冲突
在冰雪的大厅。

他们仇恨没有躯体的箭,
仇恨告别时准确的头巾,
仇恨在微笑的红色花朵上
支撑压力和玫瑰的针。

他们热爱蓝色的瀚海,
热爱牛的表情的游荡,

[①] 安赫尔·德尔·里奥(1901—1962),西班牙作家、文学教授,曾在美国热情招待洛尔卡。

热爱极地说谎的月亮,
热爱岸边弧形的水的舞蹈。

用躯干和笓子的科学
使黏土布满月亮的神经,
喜欢自己千年唾液清爽的苦涩
在水与沙上轻快地滑行。

沿着那瑟瑟作响的蓝色,
没有蛆虫和昏睡痕迹的蓝色,
鸵鸟蛋在那里永存
跳舞的雨水在那里完美地漫步。

沿着那没有历史的蓝色,
一种黑夜不惧怕白天的蓝色,
风的裸体在那里渐渐打破
空荡的云中那些梦游的骆驼。

那里,躯干在草的喉咙下梦想
珊瑚浸满墨水的绝望,
入睡者在蜗牛的线桄下抹去自己的身影
将舞蹈的空洞留在最后的灰烬上。

哈雷姆[①]王

用一把木勺
将鳄鱼的眼睛抠出。
用一把木勺
敲打猴子的屁股。

永恒的火睡在燧石上
而喝醉了茴芹酒的金龟子
已将村庄的苔藓遗忘。

长满蘑菇的老人
常去黑人哭泣的地方
当运载污水的水罐车到来
国王的勺吱吱作响。

玫瑰从空气
最后的弧形锋刃上逃离
在一堆堆番红花上
孩子们将小小的松鼠折磨
用一种被玷污的疯狂的红色。

必须过桥去

[①] 哈雷姆,美国纽约曼哈顿的一个社区。

并抵达黑色的声息
让肺的芳香用热菠萝的外衣
将我们的双鬓打击。

必须将卖烧酒的金发人杀掉,
将所有苹果和沙子的朋友杀掉;
必须用握紧的拳头打击
那些颤抖的充满水泡的犹太小姑娘,
让哈雷姆王和他的人群一起歌唱,
让鳄鱼在月亮的石棉下
排着长队进入梦乡,
使任何人都不怀疑
厨房里掸子、礤子、铜锅、铁铲的无限美丽。

啊,哈雷姆!哈雷姆!哈雷姆!
什么痛苦也无法和你受压抑的眼睛
和你在昏暗日食中激荡的血液
和你朦胧中暗红色又聋又哑的暴力
和你被俘的伟大国王在清洁工的礼服下相比。

*

黑夜拥有象牙平静的蝾螈和一条缝隙。
美国的少女
腹中有婴儿和钱币
而男孩子们在伸懒腰的十字中昏迷。

就是他们。
畅饮白银的威士忌在火山旁边
在熊的冰冻的山中吞食心灵的碎片。

那个夜晚,哈雷姆王,用一把坚硬的勺
将鳄鱼的眼睛抠出。
用一把坚硬的勺
敲打猴子的屁股。

在雨伞和金色的太阳之间
黑人们哭得模糊一团;
穆拉托①们拉着橡皮筋
一心要射白色的躯干,
风弄脏了镜子
打破了跳舞者的血管。

黑人!黑人!黑人!黑人!
在你们仰面朝天的夜晚血液没有门户。
不存在红色。在巨蟹的月亮的双钳
和金雀花下,皮肤下面愤怒的血浆
活跃在匕首的锋芒和景色的胸脯。

血液通过千万条路将裹着面粉的死神
和晚香玉的灰烬寻觅,

---

① 穆拉托,黑白混血人。

寻觅僵硬倾斜的天空,星体的领地在那里
沿着海滩滚动,带着被抛弃的物体。

用眼尾缓慢观望的血液,
化作被压榨的花刺和地下的花蜜。
使遗迹中漫不经心的收容院生锈,
使蝴蝶溶解于窗上的玻璃。

血液正在到来和将要到来,
在各个地方,在平台和屋顶,
为了焚烧金发女郎的叶绿素,
为了在床脚下,在失眠的盥洗室发出
呻吟声,为了跌入黄色和烟草的黎明。

必须逃命!沿着街角
并将自己关入最高的楼层,
因为树林的精髓将渗入门缝
为了将一个日食轻微的痕迹,将一个化学的玫瑰
和褪色手套虚假的悲伤留在你们的肌体中。

*

厨师、跑堂和用舌头为百万富翁
清洗伤口的人们,为了智者的寂静,
沿着街巷或硝石的角落
寻觅哈雷姆王的行踪。

一阵倾斜在黑泥里的木质的南风
将泡沫吐在破船上并将脚尖钉入肩膀中。
一阵南风带着犬牙、向日葵、字母表、
伏特的电池和窒息的黄蜂。

遗忘表现在独目镜的三滴墨水上。
爱情,只需一张岩石花朵般的无形的面庞。
精髓和花冠在云彩上
构成连一朵玫瑰都没有的沙荒。

左边,右边,南方,北方,
为鼹鼠和水针
建起了冷漠的墙。
黑人啊,不要将它的裂缝寻觅
也找不到那无限大的面具。
你们要寻找中心那伟大的太阳
要化作一个菠萝嗡嗡作响。
沿着树林滑行的太阳
肯定碰不到仙女般的姑娘。
摧毁数目并从不曾穿过梦境的太阳,
文了身的太阳,吼叫着沿河而下
并被一群鳄鱼紧追不放。

黑人!黑人!黑人!黑人!
蛇,斑马,骡子,
永远不会变成惨白直到死亡。

伐木者不了解所砍的呐喊着的树木
什么时候气绝命断。
请在你们国王的阴影下等候
芹叶菊、刺菜和荨麻将最后的平台搅乱。

那时,黑人啊,那时,那时,
你们便可以狂热地亲吻自行车的车轮,
将成对的显微镜放在松鼠的洞内并最终
毫无疑问地舞蹈,当耸立的花朵几乎
在天上的灯芯草边谋害我们摩西的性命。

啊,化了装的哈雷姆!
啊,受到一伙没有头颅的礼服威胁的哈雷姆!
我听到了你的声响。
听到了你穿越树干和电梯的声响,
通过灰色的画面,
你被牙齿覆盖的汽车在那里漂荡,
通过死去的马匹和小小的罪行,
通过你伟大的绝望的国王
他的胡须垂到了海上。

被遗弃的教堂

——大战歌谣

我曾有一个儿子叫胡安。
我曾有一个儿子。

在一个全体死者的星期五他迷失在拱门间。

我见他在弥撒的最后几级台阶上游戏,

将一个铁皮小桶丢在教士的心里。

我拍打了公共汽车。我的儿子!我的儿子!我的儿子!

我从月亮后面掏出一条鸡腿,

然后明白了我的女孩儿是一条鱼

马车已离去。

我曾有一个女孩儿。

我曾有一条鱼在香炉的灰烬下面。

我曾有一个海。是什么海?上帝啊!一个海!

我上去敲钟可水果里有虫子

而熄灭的蜡烛在吞食着春天的麦田。

我看见酒精的透明白鹳

在将挣扎的士兵黑色的头颅削砍

也看见橡胶的陋室

盛满泪水的酒杯在那里旋转。

我将在圣餐的银莲花中找到你,我的心肝!

当神甫用他的手臂举起耕牛和母骡

为了将在夜间搅闹圣杯冻结之景的癞蛤蟆驱赶。

我曾有一个儿子是巨人,

但是死人更强大而且会喷吐天的碎片。

倘若我的儿子是一只熊

我就不害怕鳄鱼的阴险,

也不会看见大海缠绕在树木上

被乱糟糟的军队强奸并伤害。

倘若我的儿子是一只熊!

我将裹在帆布里躲避苔藓的严寒。
我知道他们会给我一只衣袖或领带；
然而我会在弥撒的中心打破船舵
那时海鸥与企鹅的疯狂将来到石头上
它们会让熟睡者对在街口唱歌的人说：
他曾有一个儿郎。
一个儿郎！一个儿郎！一个儿郎！
不是别人的儿郎，只是他的儿郎！
他的儿郎！他的儿郎！他的儿郎！

三 街与梦

致拉法埃尔·R.拉普恩

> 一只纸鸟在胸怀
> 说亲吻的时刻未到来。
> ——维森特·阿莱克桑德雷

死 神 舞

鬼脸船标!请看那鬼脸船标
如何从非洲来到纽约!

胡椒树和小小的磷光纽扣
已经走远。
肌肤撕裂的骆驼和天鹅
用嘴撑起的光的山谷不再回还。

那是干枯事物的时刻。
它属于眼中的谷穗和轧扁的猫,

属于大桥的铁锈
和软木塞最后的寂寥。

这是死兽的大聚会,
它们都被光的剑刺穿。
这是长着灰烬的蹄子的河马
和喉咙里含着千日红的羚羊永恒的狂欢。

在没有波浪的枯萎的孤独中
干瘪的船标在舞蹈。
世界的半边是沙滩。
另外的半边是水星,还有太阳在睡觉。

鬼脸船标!请看那鬼脸船标!
纽约的沙滩、鳄鱼和恐惧!

石灰的夹道束缚着空荡荡的天
死者的声音在那里的棕榈树下回旋。
一个纯洁明净的天空,用它无形的山峦
那尖尖的百合以及汗毛表明自己的特点。

让歌声最脆弱的细茎告终
它走向包装起来的汁液的洪峰
经过最后的形象的休息
用尾巴举着破成碎片的明镜。

当中国人在屋顶上哭泣
找不到他女人的裸体,
当银行行长观察着压力表
它正测量着钱币残酷的沉默,
恰在此时鬼脸船标到达华尔街。

古银币长着黄色的双眼
对舞蹈并不觉得稀罕。
从狮身女妖到财源茂盛的银库
一条绷紧的线将所有穷苦孩子的心刺穿。
原始的激情和机器的激情一起跳舞,
愚昧者沉浸在光怪陆离的狂欢。
如果车轮忘记了自己的形状
便会和马群一起赤裸裸地歌唱,
如果冰冷的计划被火焰点燃
天空定会逃离窗前的混乱。

此地对舞蹈并不稀罕。我这样讲。
鬼脸船标将在血和数字的支柱间,
在金子的飓风和失业工人的呻吟间起舞,
这些工人将在昏暗的夜晚号叫,在你没有光的时间。
噢,野蛮的美国!厚颜无耻!野蛮!
躺在雪的边疆!

鬼脸船标!请看那鬼脸船标!
纽约污泥和萤火虫的波浪滔滔!

*

我在窗户上与月亮搏击,
杂乱无章的窗户使夜的大腿满目疮痍。
天上温驯的奶牛在我的眼睛上畅饮,
划着长桨的微风敲打着
百老汇沾满灰尘的玻璃。

为了伪装成一个苹果的死去的种子
血滴在将星球的胚芽之光寻觅。
平原的空气,在牧民的推动下
像失去外壳的软体动物一样战栗。

然而跳舞的并不是死去的人
我对此完全相信。
死者们醉意沉沉
将自己的双手生吞。
跳舞的是其余的人,
用鬼脸船标和六弦琴。
他们是另外的人,
是银的醉汉,寒冷的人,
他们在大腿与冷酷火焰的交点上睡觉,
他们在层层台阶的景色中将蚯蚓寻找,
或者在街头巷尾将黎明的小小金字塔咀嚼。

但愿教皇不舞蹈!

不,但愿教皇不舞蹈!
国王不舞蹈!
蓝色牙齿的百万富翁、
教堂里毫无表情的舞女、
建筑工们、绿宝石、疯子、所多玛人都不舞蹈。
只有这鬼脸船标。
古老的红色的鬼脸船标。
只有这鬼脸船标!

眼镜蛇将在最后的几层发出哨响。
荨麻将会使院落和阳台振荡。
交易所将是青苔的金字塔。
藤蔓将跟着步枪到来
很快,很快,很快。
啊,华尔街!

鬼脸船标!请看那鬼脸船标!
它在喷吐树林的毒液
沿着纽约不完美的烦恼!

呕吐人群之景

——科尼岛①的傍晚

胖胖的女人来了,她走在前边,

---

① 科尼岛,美国纽约布鲁克林的娱乐区。

拔着草根并弄湿羊皮的鼓面。
胖胖的女人将挣扎的章鱼
翻过来,使它们与正常的姿势相反。
胖胖的女人是月亮的对头
沿着街巷和无人居住的楼层奔跑,
将鸽子小小的头骨丢在角落,
使最后若干世纪的筵宴的怒火燃烧,
沿着清扫过的天空的丘陵
将面包的魔鬼呼叫
让一缕光芒的热望
渗入地下最深的循环渠道。
那是些坟茔。我知道。那是些坟茔
和埋在黄沙下面的厨房的苦痛。
那是另一个时刻的死者、山鸡和苹果
他们在推动我们的喉咙。

从呕吐的森林传来嘈杂的人声
伴随空洞的女人和热蜡的儿童,
发酵的树木和不疲倦的堂倌
他们在唾液的竖琴下面
端来一盘盘的咸盐。
毫无办法,我的儿子。呕吐!毫无办法。
这不是骑兵们的呕吐——
在妓女的乳房上面,也不是猫儿的呕吐——
它不慎将青蛙吞咽,

他们是另外的人！他们用土地的双手
抓着火石的门，乌云和饭后点心在那里腐烂。

胖胖的女人来了，她走在前面，
轮船、酒吧和花园里的人们跟在后边。
呕吐轻轻地摇动自己一面一面的鼓
在一些祈求月亮神庇护的血色的女孩儿中间。
我真倒霉！我真倒霉！我真倒霉！
这目光过去是我的而现在已不属于我。
这目光由于酒精而赤裸裸地抖颤
并从港口的海葵中间将难以置信的船只驱赶。
我用这目光捍卫自己
它从黎明也会生畏的光波中喷出，
我，没有双臂的诗人，
迷失在呕吐的人群中间，
没有热情洋溢的马
将我两鬓浓密的绿苔斩断。
然而胖胖的女人依然走在前面
热带的苦涩稳稳地站在那里
人们在那里寻找药店。
只有当人们升起旗帜，当第一批狗到达时
整个城市才在码头的栏杆涌现。

撒尿人群之景

——巴特里普莱斯①夜曲

只剩下他们。
保持着最新自行车的速度。
只剩下她们。
等候着日本帆船上男孩的丧生。
只剩下他们和她们
做着鸟儿挣扎着张开嘴巴的梦,
拿着尖尖的阳伞
刺着刚刚被压扁的蟾蜍,
在峡谷内沐浴着
具有上千只耳朵和水的小嘴的寂静
而峡谷抗拒着月亮猛烈的进攻。
帆船上的孩子在啼哭,而心灵破碎
是苦于万物的警醒和见证
因为在苍天具有黑色痕迹的土地上
呼唤着唾液、镍的收音机和昏睡的姓名。
当最后的别针钉住孩子时他会默不作声,这无关紧要
同样无关紧要的是在棉花的花冠上失败的微风,
因为有一个死神的世界并有真正的水手
他们会在拱门前露面并使你们在树后结冰。
徒劳地寻找那个街角,黑夜在那里

---

① 巴特里普莱斯,位于纽约曼哈顿。

忘却了自己的旅程,那里还埋伏着一个
没有破旧衣服、面具和哭泣的寂静,
因为仅仅是蜘蛛的小小宴会
就足以打破整个天上的平衡。
无法平息日本帆船的呻吟
也无法对待那些隐藏的人,他们与街角相碰。
田野为了使自己的根须集中于一点而咬住自己的尾巴
而杂乱无章在绊根草中将自己对长度不满足的欲望寻找。
月亮!警察!远洋轮汽笛的轰鸣!
橡胶的手套,铁锈,烟雾和银莲花的面孔。
一切都被黑夜打破,
平台上的大腿不再合拢。
一切都被打破,
被可怕而又沉默的泉那温和的喷涌。
啊,人群!啊,小女子!啊,士兵!
旅行将是必需的,沿着愚蠢者的眼睛,
沿着自由的田野,那里有目光迷离的温驯耕牛的喘息,
有充满生产新鲜苹果的坟墓的风景,
为了降下使富人在放大镜后
望而生畏的无限的阳光,
为了一个带有百合与雌鼠双重侧影的躯体的气味,
为了这些人燃烧自己,他们会撒尿,在一个呻吟者的身旁
或者在从不重复的波浪互相包容的水晶上。

谋 杀

——河滨大道①黎明的两个声音

怎么样?

一个口子在脸上。

就这样!

一个指甲抠进了躯干。

一根簪子捅进去

直到喊叫的根源。

大海停止了动弹。

怎么样,怎么样?

就这样。

让我来! 就这样?

对。

心跳到了外面。

啊,我多么可怜!

哈得孙②的圣诞节

那灰色的海绵!

那刚刚被砍头的海员!

---

① 河滨大道,纽约曼哈顿一条南北向大道。
② 指哈得孙河,其末端汇入纽约港。

那巨大的河流!
那边际灰暗的海风!
那锋刃,爱情啊,那锋刃!
四个海员正与世界激战。
与所有眼睛都看得见的利刃的世界激战。
那世界只有骑马才能走遍。
一个,一百个,一千个海员
都在与极迅速的世界激战。
不懂得世界
由于天而孤单。

孤单的世界由于孤单的天。
草丛的胜利和锤子的山峦。
活跃的蚁群和泥中的钱币。
孤单的世界由于孤单的天
而气流在所有的村边。

蚯蚓在歌唱轮子的恐惧
和被砍头的海员,
歌唱必须抓紧的水熊,
大家同唱哈利路亚,
哈利路亚。荒凉的天。
这是同一个,同一个对上帝的礼赞。

我在郊区的脚手架上度过了整个夜晚

让血液沿着石膏的方案流淌，

帮助海员们收拾撕破的船帆，

空着双手置身于河口的回响。

每分钟一个新的婴儿将血管的枝条摇荡，

蜈蛇在产崽，在树枝下将新的生命释放，

这一切都无关紧要，

包括平息观看裸体者的人们对血液的渴望。

重要的是：空缺。孤单的世界。河口。

不要黎明。无生命的童话。

只有这河口。

啊,我灰色的海绵！

啊,我刚刚被砍断的脖颈！

啊,我巨大的河流！

啊,我那边界不属于我的海风！

啊,我所爱的刀锋！ 啊,伤害人的刀锋！

不 夜 城

——布鲁克林大桥①的夜曲

在天上没有人睡觉。没有,没有。

没有人睡觉。

月亮的孩子们嗅着一间间草房并将它们围绕。

活的鬣蜥会来咬不眠的人们

---

① 布鲁克林大桥,跨纽约东河连接布鲁克林和曼哈顿的悬索桥。

而那个带着破碎的心逃跑的人冒着星宿温和的抗议
会在街头碰上令人难以置信的平静的鳄鱼。

在世上没有人睡觉。没有,没有。
没有人睡觉。
在最远的墓地有一个死者
整整三年满腹牢骚
因为在膝盖上有一种干枯的景色
而今天早上埋葬的那个孩子不停地号啕
以致要招来狗群才能使他停止吵闹。

生活并非梦乡。注意!注意!注意!
我们跌倒在阶梯上为了将潮湿的泥土品尝,
或者攀上雪的锋刃,带着死去的大理花的合唱。
没有忘却也没有梦:
活生生的肌体。在一团新生的血管中
亲吻束缚着双唇
为自己的痛苦而痛苦的人将会永远痛苦
而畏惧死神的人将把死神扛在肩上。

有一天
马群将在酒吧里生活
愤怒的蚂蚁
会向躲在奶牛眼中的黄色的天空发起攻击。
另一天

我们将看到蝴蝶标本的复活
并沿着一个灰色海绵和沉寂船只的风景跋涉
我们将看到戒指在闪烁,看到从我们的舌头上
涌出玫瑰的花朵。

注意!注意!注意!
他们依然保留着泥泞和暴雨的痕迹!
那个小伙子由于不懂桥的发明而哭泣
或者那个死者只有头颅和一只鞋,没有别的东西
一定要把他们带到墙边,鼹蜥和蛇等在那里
还有熊的牙
孩子的手
而那骆驼的皮由于一阵蓝色的冷汗而毛发耸立。

在天上没有人睡觉。没有,没有。
没有人睡觉。
然而如果有人闭上双眼,
孩子们,叫他尝尝皮鞭!
要有一个睁着的眼睛
和痛苦、燃烧的溃疡的景观。
在世上没有人睡觉。没有,没有。
我已经奉告。
没有人睡觉。
然而如果有人在夜晚,两鬓带着过多的苔藓
你们就打开门扇让他看清月亮下边

虚伪的杯盏、毒药和所有剧院里的骷髅头。

纽约盲目的全景

如果不是鸟儿
浑身布满了灰烬，
如果不是敲打婚礼之窗的呻吟，
那就是空气的婴儿
将新生的血液洒在无休止的黑暗。
然而不是，不是鸟儿，
因为鸟儿就要变成耕牛。
可能是白色的岩石在月亮的帮助下，
是法官们在揭去罩布之前
总受伤害的少女。

大家都懂得与死相关的痛苦
但真正的痛苦不在心灵。
不在空气，不在我们的生命
也不在充满炊烟的平台。
真正的痛苦会使万物保持清醒
是一个无止境的小小的烧伤
在各种不同制度下无辜的眼睛。

肩膀常常被苍天聚集成粗犷的群体，
丢在上面的礼服是如此沉重；

死于分娩的女人最终会知道
声息都将是岩石,痕迹都将是跳动。
我们不懂得思想总有外延
哲学家在那里会被中国人和蠕虫吞用
而一些弱智儿童在厨房里
找到了带拐杖的小燕子,
它们会说的字眼却是爱情。

不,不是鸟儿。
不是鸟儿在表明池塘那令人莫名其妙的高烧
那时刻压抑我们的谋杀的欲望
那每个黎明都在鼓动我们自杀的金属的声响:
而是空中的指挥舱,全世界都在那里使我们痛苦,
是一个小小的活跃的空间,面对与阳光同度的疯狂,
是一个无法定义的阶梯,云彩和玫瑰遗忘
在血液码头上沸腾的中国喧嚷。
我曾多次迷失方向
为了寻觅那使万物清醒的烧伤
却只找到了靠在栏杆上的水手
和天上的婴儿,被白雪埋葬。
但真正的痛苦在别的广场
晶莹的鱼儿在树干里挣扎,
奇怪天空的广场,那里有古老的未受伤害的雕像
和火山温柔的亲情。

在声音中没有痛苦。只有牙齿，
而这些牙齿将为了无头衔的黑人而孤立得不声不响。
在声音中没有痛苦。这里只有地球。
地球和它永远通向
红色果实的门廊。

基督的诞生

一个牧民为了白雪要求奶头，那白雪
使伸展在无声灯盏中间的白狗起伏波动。
小小的泥的基督将手分开
在打破的木头的永恒的锋棱。

蚂蚁和冻僵的脚已经到来！
两条血的细线冲破了坚硬的天。
魔鬼的肚子，打击和软体动物的肌体
在山谷中间响成一片。

狼和癞蛤蟆在绿色的篝火中歌唱，
篝火被黎明的活跃的蚁穴充满。
母骡梦见　把把巨大的折扇
而公牛梦见一个窟窿和水的同伴。

那男孩儿额头上带着一个"三"字哭泣并观看。

圣约瑟在草堆上看见三根铜的针芒。
襁褓散发着沙漠的声息
用无弦的西塔拉琴和被斩首的声响。

曼哈顿的雪将布告推动
并将纯洁的高雅带给伪装的穹窿。
愚蠢的神甫和生着翅膀的小天使
沿着高高的街角紧随路德的身影。

黎　明

纽约的黎明
拥有四根淤泥的立柱
和一阵将臭水
拍得哗哗作响的黑色鸽群的飓风。
纽约的黎明
沿着无限台阶的呻吟
在艺术家中间
将描画苦恼的晚香玉找寻。
黎明降临世上，没有人用嘴将它迎接
因为那里既没有明天也没有任何希望：
有时钱币像发狂的群蜂
刺伤并吞噬那些被遗弃的儿童。
首先出来的人们从心眼儿里

懂得那里没有天堂也没有剥去叶片的爱情,
懂得他们将去做毫无艺术性的游戏,
去白白地流汗,走向数字和法律的泥坑。
光明被锁链和喧嚣埋葬
在没有根的科学
厚颜无耻的挑战中。
人们在市区失眠地徘徊
好像刚刚从一场血的灾难里逃生。

四　埃登梅尔湖的诗篇

致埃杜瓦多·乌加尔特①

埃登湖的双重诗篇

> 我们的畜群在吃草,风在呼气。
> ——加尔西拉索②

我古老的声音不了解
那又稠又苦的果汁。
在细嫩潮湿的蕨类下边
我猜测着它,舔着自己的脚面。

啊,我爱情的古老声音!
啊,我真理的声音!
当从我的舌头上渗出所有的玫瑰
而草地不熟悉马不平静的牙齿

～～～～～～～～～

① 埃杜瓦多·乌加尔特(1901—1955),西班牙作家、编剧。
② 加尔西拉索(1503—1536),西班牙诗人,以情诗和田园诗闻名。

啊,我被打开的肋骨的声音!

你在此喝着我的鲜血,
喝着我昔日孩提的泪水
当我用铝和醉汉之声
在风中打破了自己的眼睛。

让我从那门中过去
夏娃在那里吃着蚂蚁
而亚当在使令人眼花缭乱的鱼儿受孕。
让我过去,生着角的人们
让我去往那些伸懒腰
和极快乐的跳跃的树林。

我知道一根生锈的簪子
最秘密的用途
也知道在盘子具体的表面
清醒眼神的恐怖。

然而神怪之声啊,我不喜欢世事也不喜欢梦境,
我喜欢我的自由,我作为人的爱情
在无人喜欢的微风最昏暗的角落中。
我作为人的爱情!

那些海狗互相追逐
而风用漫不经心的树干设下埋伏。

啊,古老的声音,用你的舌头
将这铁皮和滑石的声音烤煳!

我要哭,因为我愿意,
就像最后的凳子上的儿童,
因为我不是男子,不是诗人也不是一片叶子,
但却是一次受伤的搏动,在巡视另一边的事情。

玫瑰、孩子和湖滨的冷杉,
我要说着自己的名字哭泣,
为了说出血性男儿的真理
扼杀语言对我的嘲弄与启迪。

不,不。我不是在问,我是在要。
我获得了自由的声音在舐我的双手。
我的裸体在屏风的迷宫
接受惩罚的月亮和沾满灰烬的时钟。

我这样说。
我这样说,当农神阻止了火车
而迷雾、梦幻和死神在将我寻找
他们将我寻找
长着干草的蹄子的奶牛在那里吼叫
而我的身体在相互对立的平衡中漂。

活跃的天空

如果寻而未见
我不会抱怨。
在没有汁液的岩石和空洞的昆虫旁边
我将看不见太阳与婴儿的肉搏决战。

然而我将去观赏冲突
液体和声音的第一个风景
它在穿透刚刚诞生的儿童
那里会避免一切表面化,
当为了理解我的寻求有快乐的目的
我将自己与爱情和沙滩混在一起飞行。

那里没有冷若冰霜的呆滞的眼睛
也没有被害虫谋杀的树木的吼声。
那里的一切形体交织在一起
只保存着一种向前的狂热表情。

你无法沿着花冠的群体前进
因为空气会将你糖的牙齿溶化。
也无法将蕨类转瞬即逝的叶子抚摩
同时又不感到象牙无限的惊讶。

在根的下面和空气的精髓中

人们懂得被弄错的真理。
镍的游泳者埋伏下最细微的涟漪
和夜晚的奶牛,它们长着女人的红色的蹄。

如果寻而未见
我不会抱怨。
然而我将去把潮湿和跳动的第一个风景观赏
为了懂得我的寻求会有快乐的目的
当我将自己与爱情和沙滩混在一起飞翔。

清新持久的飞翔在空空的卧床。
在海风和沉默的船只上。
我会犹豫不决地与坚硬而又固定的永恒
及终究没有黎明的爱相碰。爱情啊！看得见的爱情！

五　在农场的茅舍里

——新堡的田野

致贡恰·门德斯和曼努埃尔·阿尔托拉吉雷①

斯 坦 顿

> 你喜欢我吗?
> 是的,你呢?
> 当然,当然。

当我孤身只影

只剩下你十岁的年龄,

三匹瞎马,

你的十五张脸和那被石块击中的面孔

还有小小的狂热在玉米叶片上的冰冻。

斯坦顿,我的孩子,斯坦顿。

巨蟹②爬出走廊,在午夜十二点

---

① 贡恰·门德斯(1898—1986),西班牙诗人。她与诗人阿尔托拉吉雷(1905—1959)在洛尔卡的介绍下相识并结为夫妻。
② 在西方语言中,"巨蟹"和"癌"是同一个词,这里的巨蟹是癌的象征。

与各种证件那空洞的蜗牛攀谈,
异常活跃的巨蟹充满云朵和温度计,
带着苹果纯洁的渴望任夜莺来鸽。
在巨蟹栖息的家里。
洁白的墙壁在天文学的昏乱中崩坍
而在最小的畜栏和林中的十字路口
多少年来闪烁着烧伤的光焰。
我的痛苦在下午汩汩流血
当你的双眼是两堵墙壁,
当你的双手是两个国度
我的身躯是草儿的绵绵细语。
我的挣扎在寻找自己的礼服,
满身灰尘,被狗咬伤
你没有颤抖,陪伴它
直到昏暗的水的门廊。
啊,我的斯坦顿,小动物中漂亮的傻瓜,
村里的铁匠们使你母亲筋骨损伤
一个兄弟被压在拱门下面
另一个被蚁群吞下
而那没有铁丝网的巨蟹在一个个房间跳荡!
有一些保姆给孩子们
绿苔的河流和脚的苦涩
而另一些黑女人走上楼层去分享雌老鼠的迷魂汤。
的确,人们要把鸽子
往下水道里驱赶。
而我知道那些在街上按住我们手指的人

在将什么期盼。

斯坦顿,你的无知是一座狮子的小山。
那一天,当巨蟹将你痛打
并在寝室里唾你的脸,宾客们由于瘟疫而在那里丧命,
巨蟹打开它柔软的双手和干燥玻璃的破碎的玫瑰
为了使航海者的眸子溅上泥斑,
而你曾在草上寻觅我的挣扎,
我的挣扎正与恐怖的花朵做伴,
当那愿与你躺在一起的粗鲁而又不会说话的巨蟹
沿着苦涩的床单将红色的风景化为粉末
并将硼酸冰冻的小树
放在棺木上边。
斯坦顿,到树林去吧,带着你犹太人的竖琴,
去学习你天堂的语言
它们在树干、云端、龟背、
在熟睡的狗身上、在铅块上、在风中、
在醒着的百合、在不会抄袭的水上安眠,
去吧,我的孩子,去把你的人民忘却的东西钻研。

一旦出现战乱不安
我将在办公室里给你的狗留下奶酪一片。
你度过的十年时光将像树叶
飞翔在死人的外衣上。
十朵柔弱的硫黄的玫瑰
在我黎明的肩上开放。

而我，斯坦顿，我将独自在忘却中，
嘴上带着你枯萎的脸庞
呼喊着进入疟疾的那些绿色雕像。

奶　牛

致路易斯·拉卡萨①

受伤的奶牛已躺下。
树木与小溪沿着它的两只角攀升。
它的嘴将血淌在天空。

它蜜蜂的嘴上
有涎水缓缓流的胡须。
一声白色的吼叫使清晨站立。

死去与活着的奶牛，
阳光的红色或牛棚的蜂蜜，
可怜地叫着将眼睛眯起。

想必树根和那
磨刀的孩子已经知道
他们已经可以把奶牛吃掉。

---

① 路易斯·拉卡萨(1899—1966)，西班牙建筑家。

在上面,阳光
和静脉已经苍白暗淡。
四只蹄在空气中打战。

想必月亮和那黄色
岩石的夜晚已经明白
化作灰烬的奶牛已不再回来。

它已经沿着僵硬
天空的瓦砾不停地叫唤
而醉鬼们正在用死亡来打尖。

井中淹死的女孩

——格拉纳达和新堡

长着眼睛的塑像在棺材的黑暗中受苦,
但无处流淌的水使它们更加悲伤。
……无处流淌。

村庄打破渔夫们的钓竿,沿着城垛流淌。
快!岸边,赶快!稚嫩的星星在吟唱。
……无处流淌。

你平静地在马的一只眼睛的岸边哭泣,
在我的记忆、星球、范围和目标上。
……无处流淌。

然而谁也无法在黑暗中给你距离，
只有磨砺界线的锋芒：宝石的前途。
……无处流淌。

当人们寻求枕上的寂静
你却在自己的戒指上持续不停地跳荡。
……无处流淌。

你永远停留在接受根的挑战
和可预见的孤独的波浪的终点上。
……无处流淌。

人们已从斜坡到来！请你从水面站起！
每个点都将把一条锁链给你戴上！
……无处流淌。

然而井会将你苔藓的双手延长，
水神对你特有的无知了若指掌。
……无处流淌。

不，无处流淌。水固定在一点上，
用它所有的无弦的琴呼吸
在创伤的阶梯和无人居住的楼房。
水啊，无处流淌！

六　引向死亡

——在佛蒙特孤独的诗篇

致拉法埃尔·桑切斯·文图拉①

死　神

致伊西德罗·德·布拉斯

努力！
马
为了变成狗的努力！
狗为了变成燕子的努力！
燕子为了变成蜜蜂的努力！
蜜蜂为了变成马的努力！
而马
从玫瑰中榨出多么锋利的箭！
从马嘴上长出灰色的玫瑰！

---

① 拉法埃尔·桑切斯·文图拉(1897—1980)，西班牙学者，洛尔卡的好友。

而玫瑰

竟将一群光线和叫嚷

捆在茎干活生生的糖上!

而糖

在不眠中将怎样的匕首梦想!

而小小的匕首

在寻觅怎样的裸体,

怎样永恒的红色和皮肤,

怎样没有圈棚的月亮!

而我,沿着屋檐

寻觅并且就是火焰的天使!

但石膏的弓,

不用努力,

啊,多么巨大,多么渺小,并无影无踪!

空洞夜曲

一

为了看清人已走净,

为了看清留下的空洞和衣服,

请给我你那月亮的手套

和另一只青草的手套

亲爱的!

风能从大象的肺上
掏出死去的蜗牛
并从阳光和苹果的嫩芽上
将冻僵的蛆虫吹走。

在青草低声的吵嚷下面
不平静的脸庞在划船。
青蛙的胸膛在角落里
心和曼陀林使它茫然。

在荒凉的大广场
刚砍下的牛头在叫嚷
无疑是那坚硬的玻璃
在寻找蛇的盘旋的形体。

为看清人已走净
亲爱的,请给我你那无声的空洞!
学院的思念和忧伤的天空。
为了看清人已走净!

亲爱的,在你的肌体里,
火车仰面朝天的寂静!
多少木乃伊化的手臂!
亲爱的,如此没有出路的天空!

从他淌血的躯干中逃离的爱的边界

是水中的岩石和风声。
摸一摸我们现在爱的跳动
就足以使其他孩子的头上长出花丛。

为了看清人已走净。
为了看清云与河的空洞。
亲爱的,将你的桂枝给我。
为了看清人已走净!

这些纯洁的空洞在我和你的身上滚动,
将血的枝条的痕迹留给黎明
还有一个平静石膏的侧影
画着被刺伤的月亮当时的苦痛。

你看那些具体形式在将自己的空洞找寻。
被咬过的苹果和被弄错的狗群。
你看悲伤的化石世界的渴望与苦闷
找不到自己第一声哭泣的重音。

当我在床上寻找线索的声息
亲爱的,你将我的屋顶遮笼。
一只蚂蚁的洞穴能够充满天空
可你无目的地呻吟在我的眼中。

不,不要在我的眼中,现在你要向我表明
四条河流缠绕着你的手臂。

被俘的月亮在坚挺的茅屋里
当着孩子们的面要将一个海员生吞下去。

为了看清人已走净,
坚贞的爱情,逃走的爱情!
不,不要把你的空洞给我,
我的爱已在空中!
啊,你,啊,我,啊,海风!
为了看清人已走净。

二

我。
带着一匹马的雪白的空洞,
灰烬的鬃毛。纯洁而又崎岖的广场。

我。
两个腋下被打破,我的空洞被打穿。
中性葡萄的干皮和黎明的石棉。

一只眼中盛着世界全部的光芒。
雄鸡在歌唱而且歌声比翅膀经历的时间更长。

我。
带着一匹马的雪白的空洞,
四周是围观者,他们有蚂蚁在语言上。

在没有残废身影的寒冷的竞技场。
在淌血的脸庞被打破的柱头上。

我。
城市啊,我的空洞没有你,没有你的死者在吃。
骑士沿着我最终抛锚的生命奔驰。

我。

没有新的世纪也没有光芒的刚刚诞生。
只有一匹蓝色的马和一个黎明。

两座坟和一条亚述狗之景

朋友,
起来听
亚述的狗叫。
儿子啊,
三个毒瘤的仙女曾经舞蹈。
她们带来了红色火漆的山峦
和毒瘤睡觉的坚硬床单。
马脖子上有一只眼睛
而月亮在如此寒冷的天空
不得不撕破自己维纳斯的山峰
并将古老的坟墓窒息在灰烬和血液中。

朋友，
醒来吧，因为山峦尚未呼吸
我心灵的草不在此地。
你充满海水，这并无关系。
我爱一个男孩已经很长时间
他舌上有一根细小的羽毛
我们在一把刀上生活了一百年。
醒来。沉默。倾听。参加一下。
嗥叫
是一种紫色漫长的语言
留下可怕的蚂蚁和百合的琼浆。
它向岩石奔来。不要把你的根延长。
它在靠近。在呻吟。朋友，不要哭泣在梦乡。

朋友！
起来，好听到
亚述狗的嗥叫。

破　产

致雷吉诺·萨因斯·德·拉·马萨

没有相遇。
自己白色躯干上的游子。
风就是这样离去。

他很快就看得到
月亮是一匹马的骷髅
而空气是一个暗淡的苹果。

在窗后,
用鞭子和光线,感到
沙砾与水的搏斗。

我看到草的到来
并丢给它们一只羊羔
它在草的牙齿和柳叶刀下咩咩地喊叫。

第一只鸽子
羽毛和赛璐珞的面具
飞翔在一滴水里。

成群的云朵
都已进入梦乡
将岩石与黎明的决斗观赏。

孩子,青草已经到来。
它们那一把把垂涎的剑回响
在空荡荡的天上。

亲爱的,我的手。青草!

血液已把头发
打散在家里的破玻璃窗。

只有你和我留下。
为空气准备你的骨架。
只有你和我留下。

为了准备你的骨架。
爱情,快找
咱们不会做梦的身影。

月亮与昆虫的全景

——爱情的诗篇

> 月亮在海上颤抖,
> 风在帆布上呻吟,
> 用柔和的动荡
> 掀起白银和蓝色的波浪。
> ——埃斯普龙塞达[1]

我的心会有一只鞋的形体
如果每个村落有一条美人鱼。
如果黑夜依靠病人便会无边无际
有的船寻求观赏只为平静地沉入水底。

---

[1] 埃斯普龙塞达(1808—1842),西班牙浪漫主义代表诗人。

如果风柔和地吹
我的心会有一个小姑娘的形体。
如果风拒绝从苇丛里出来
我的心会有千年牛粪的形体。

划呀！划呀！划呀！划呀！
将船向着那一丛参差不齐的锋芒，
向着被粉碎的埋伏的风光。
与雪和被终止的制度相同的晚上。
还有月亮。
月亮！
但不是月亮。
酒馆的母狐狸
吃了自己眼睛的日本公鸡。
被咀嚼的草。

玻璃上的女孤独者
和草药店都不能拯救我们，
药店里的形而上学的学者找到了天上另外的斜坡。
形式是谎言。只有氧气
一张张嘴的圆圈。
还有月亮。
然而不是月亮。
昆虫。
岸边小小的死者。
线上的痛苦。

点上的碘。
大头针上的人群。
将大家的血掺和在一起的裸体。
胸膛被吞食的幼婴。
我的爱情!

已经在歌唱,叫喊,呻吟:脸庞!你的脸庞!脸庞。
一些苹果,
真正的大丽花,
阳光具有衰老金属的味道
而整个吊灯的田野将容纳在钱币的面颊上。
但你的脸庞将笼罩宴会的天空。
已经在歌唱!叫喊!呻吟!
笼罩!攀登!令人惊恐!

快走!从枝头,从波浪,
从直到河边的中世纪的无人居住的街巷,
从皮革的帐篷,一只受伤奶牛的角在那里作响,
沿着阶梯,不必恐惧!沿着阶梯。
一个苍白的人在海水里沐浴;
他是那么娇嫩,反光将他吃掉并与心游戏。
在秘鲁生活着一千名妇女,昆虫啊!白天和夜里
她们都在做早祷并排队将血管交织在一起。

一只被腐蚀的小小的手套在阻拦我。够了!
在头巾上,我听到了

第一条破裂的血管发出的声响。
亲爱的,保护好你的双脚和双手!
既然我必须交出我的脸庞。
我的脸庞!我的脸庞啊!我被吃掉的脸庞!

这纯洁的火是为了我的欲念,
这模糊是为了平衡的渴望。
我眼中这火药的无辜的痛苦
会减轻另一颗
被星云吞食的心的惆怅。

无论是鞋店的人们还是一找到生锈的钥匙就奏响
音乐的景色,都不会拯救我们。
空气是谎言。只存在
一个小小的摇篮
在记得所有事情的阁楼上。
还有月亮。
但不是月亮。
昆虫。
只有昆虫
乱咬,乱响,震颤,成群的昆虫
和戴着一只烟雾的手套
坐在自己废墟门上的月亮。
月亮!!!

七 返回城市

致安东尼奥·埃尔南德斯·索里亚诺

纽 约

——办公室与揭露

致费尔南多·维拉

在乘法下面
有一滴鸭子的血。
在除法下面
有一滴海员的血。
在加法下面有一条稚嫩的血的河流,
一条在城郊宿舍
歌唱的河流,
在纽约骗人的黎明
宛似白银,水泥,轻风。
我知道,有重重山岭。
有智慧需要的望远镜。
我知道。然而我并非来看天空。

我来看浑浊的血液,
它给瀑布运去机器,
给眼镜蛇的舌头添上魂灵。
在纽约,每天要屠宰
四百万只鸭子,
五百万头猪,
要杀两千只鸽子使垂危者满足,
还要杀一百万头牛,
一百万只羊羔
和二百万只鸡,
把苍天搅得破碎支离。

与其在黎明
任凭无休止的牛奶列车
无休止的血的列车
和香料商人
成捆的玫瑰花的列车
通行,
不如去猎场捕杀狗群
或者呜咽着磨利刀锋。
鸭子和鸽子,
猪和羊羔的血液
在乘法下面滴注,
受宰割的奶牛的可怕的叫声
使谷地充满了痛苦。
哈得孙河在那里喝醉了油污。

我要向所有的人揭露,
他们不知道另一半人,
那无法挽救的一半,
在被遗忘的小动物
心跳的地点
为他们建起水泥的山峦,
在那里,我们都将倒在
钻机最后的狂欢。
我要唾你们的脸。
那另一半在吞食、歌唱,
在自己的纯洁中飞翔,
在倾听我的发言,
像门房里的孩子们
用小棍儿捅着洞眼,
昆虫的触角生着锈斑。
这不是地狱,是街道。
不是死神,是水果商店,
在那只猫被汽车轧碎的爪子下面
有一个世界,那里有破损的河流和无法测量的距离,
我听到蚯蚓的歌声
回响在许多女孩的心里。
锈斑,酵素,震颤的大地。
大地啊,你在办公室的号码里游泳。
我将做什么?整理形形色色的风景?

安排将变成照片、木块
和一股股血液的爱情?
不,不,我要揭露。
我要揭露冷漠的办公室的阴谋,
它们不播放垂危的痛苦,
它们抹掉森林的节目,
当受宰割的奶牛的惨叫
响彻河谷,
当哈得孙河喝醉了油污,
我情愿被那些受宰割的奶牛
吞入饥腹。

犹太人的坟墓

快乐的热度逃离了船的缆绳
而犹太人用莴苣心中冰冷的羞愧将铁栏杆推动。

基督的孩子们在睡觉
而水是一只鸽子
木材是一只草鹭
铅是一只蜂鸟
而蚂蚱的跳跃
还在安慰着火的活生生的镣铐。

基督的孩子们在划船
而犹太人用鸽子孤独的心充满了墙壁

所有的人都想从这颗心上逃离。
基督的女儿们在歌唱
而犹太姑娘
用山鸡孤独的眼睛注视着死亡,
千万个景色的苦恼使这只眼睛闪光。

医生们将自己的剪刀和橡皮手套放在镍上
当尸体的双脚
感到另一个被埋葬的明月可怕的光亮。
轻轻的完整的痛苦在靠近医院
而死者们每天脱去一套血的衣裳。

霜的建筑,
逃离秋天小小叶片的竖琴和呻吟
使最后的山坡变得湿润,
在礼帽的黑色中失去了声音。

露珠恐惧地逃离的天上的孤草
和通向强硬空气的大理石的白色门厅
展示着被鞋子昏睡的痕迹打破的寂静。

犹太人推动铁栏
但他不是码头
而一条条雪的船却聚集在他心中小小的台阶旁边。
雪的船将一个扼杀它们的水的人窥探。
墓地的船只

有时会使来访者失去双眼。

基督的孩子们在梦乡
而犹太人占据了他们船上的床。
三千犹太人在走廊的恐怖中哭泣
因为他们在共同努力将半只鸽子凑齐，
因为一个人有一只表的齿轮
另一个人有会说话的毛虫的战利品
另一个有充满锁链的夜间的雨水
另一个有活着的夜莺的指甲
因为那半只鸽子在淌着血呻吟
而那血却不属于它自身。

快乐的热度在潮湿的穹顶上跳舞
而月亮将古老的名字和压缩的蒜泥酱
抄写在自己的大理石上。
在僵硬的柱子后面吃饭的人们已经来临
还有牙齿洁白的驴
和吐字清晰的专家们。
碧绿的向日葵颤抖着
在黄昏的荒原
而整个墓地是硬纸板
和干抹布的口里的埋怨。
基督的孩子们已睡着
当犹太人紧闭双眼，
听到第一阵呻吟

便静静地将手砍断。

十字架上

月亮终于沿着马匹洁白的弧形停住。
一道紫色的光逃离创伤
将一个死去的孩子行割礼的瞬间映照在天上。

鲜血沿山坡而下天使们在将它寻觅,
但圣杯是风做成,它只得盛在鞋里。
瘸狗们抽着烟斗而一种热皮子的折磨
使在街角呕吐的人们那圆圆的嘴唇变成了灰色。
从干燥夜晚的南方传来长长的嚎叫。
原来是月亮用烛光将马匹的阳具烘烤。
一个裁衣专家将三位圣女
关在荔枝螺的紫色里
并在窗户的玻璃上向她们展示一具骷髅。
三个孩子在郊区
围着一头吓得直哭的白色骆驼,
因为黎明时它必须从针孔里钻过去。
十字架啊!钉子啊!针刺!
啊,针刺钉进骨头里直至使星球长满锈迹。
由于无人回头,天可以赤身裸体。
那时人们听到的声音洪亮,法利赛人①说:

---

① 法利赛人,古犹太人的一个派别。

乳汁充满了那头可恶奶牛的乳房。

人群将一扇扇门关闭
而一条条街道都下起了决心要打湿心灵的雨
这时傍晚呈现出躁动和樵夫们的迷离
昏暗的城市在木匠们的锤下奄奄一息。
蓝色的法利赛人说
那可恶的奶牛乳房里充满小小的石鸡。
但鲜血浸湿了他们的双脚而龌龊的魂灵
使庙墙上布满了湖水的星星。
人们早已知道拯救我们的确切时刻
因为月亮已经用水
将马匹的烧伤洗净。
于是寒冷者出来唱自己的歌
而青蛙则在河的两岸点上了灯笼。
那可恶的奶牛,可恶,可恶,可恶,
将不让我们睡觉,法利赛人说,
由于街道的混乱他们远离了自己的家庭
吐着祭献的盐并将醉鬼们推动
当鲜血在他们身后流淌伴随着羊羔的叫声。

正是那时
大地抛着翠鸟颤抖的河流苏醒。

八　两首颂歌

致我的出版者阿曼多·吉韦特

向罗马呐喊

——发自克莱斯勒大厦①塔楼

被一把把小巧的银剑
轻轻刺伤的苹果,
被戴着一颗火红杏仁似的珊瑚的手
撕开的云朵,
砒霜的鱼群宛似鲨鱼,
鲨鱼就像使人群失明的珠泪颗颗,
刺人的玫瑰
和安装在血管中的针,
敌对的世界
满身蠕虫的爱
都将在你身上降落。

---

① 克莱斯勒大厦,纽约的一幢摩天大楼,建于一九二八年至一九三〇年间,为当时的世界最高建筑。

这一切都在那伟大的穹顶降落
它在军人的舌头上将圣油涂抹,
那里有人在耀眼的鸽子上撒尿
并唾着捣碎的煤渣
煤渣被成千上万的铃铛包裹。

因为已经没有人分发面包和葡萄酒
没有人在死者嘴上将百草种植
没有人将宁静的船帆打开
没有人为那些大象的伤口而啼哭。
只有一百万木匠
打制没有十字架的棺材。
只有一百万铁匠
为将要出世的孩子们锻造锁链。
只有怨声载道的人群
敞开衣服等待着枪弹。
在鸽子上撒尿的人本应该说话,
本应该赤裸裸地在立柱中间呐喊,
因患麻风病应给自己注射一针
并如此可怕地泣涟涟
以致使钻石和戒指的电话机溶解在里面。
然而身穿白衣的男子
不懂得谷穗的奥秘,
不懂得分娩的呻吟,
不懂得钱币会烧坏奇迹的亲吻
会给山鸡愚笨的喙涂上耕牛的血痕。

老师指给孩子们

一种来自山顶的美妙的光明,

但来到的却是一团污垢

从那里发出霍乱的黑暗仙女的叫声。

教师们崇敬地指出那些烟熏过的巨大的穹顶

然而在那些雕像下面并没有爱情,

在那些毕竟是玻璃的眼睛下面没有爱情。

爱情在被渴望撕裂的肉体

在与洪水抗争的茅草棚里。

爱情在堑壕,饥饿发怒的人们在那里搏斗,

爱情在痛苦的海洋——它在将海鸥的尸体摇荡,

爱情在枕头下面黑暗、刺人的吻上。

但是那位具有半透明的双手的老人

会说:爱情,爱情,爱情,

为千百万在死亡线上挣扎的人发出呼声:

会说:爱情,爱情,爱情,

在柔情激荡的金线银线的织物中,

会说:和平,和平,和平,

在刀子和雷管的痛苦中。

直到人们为他装上银的嘴唇

他一直会说:爱情,爱情,爱情。

与此同时,与此同时,啊,与此同时!

端出痰盂的黑人们,

在校长苍白的恐怖面前颤抖的孩子们,

371

在矿物油脂中窒息的女人们，
锤子、提琴或云彩的人群，
要呐喊，尽管会在墙上碰得脑浆迸裂，
要呐喊，在那些高耸的穹顶面前，
要带着火的疯狂呐喊，
要带着雪的疯狂呐喊，
要用充满粪便的头颅呐喊，
要呐喊，宛如所有的黑夜聚在一起
直至城市都像女孩儿们一样抖颤
并把储藏油和音乐的仓库打烂。
因为我们想要每天吃的面包
想要桤木的花朵和永久坦诚的温存，
因为我们要求大地的意志能够实现
将它的果实分给所有的人。

沃尔特·惠特曼的颂歌

沿着东河与布朗克斯街区
小伙子们用轮子、油、皮革和铁锤
歌唱并展示自己的腰身。
九万名矿工从岩石中提取着白银
而孩子们在描绘着阶梯和前景。

但谁也没有睡觉，
谁也不愿变成河流，
谁也不爱巨大的叶片，

谁也不爱海滩那蓝色的舌头。

沿着东河与昆伯勒街区
小伙子们和工业斗争,
犹太人将环切的玫瑰
卖给河里的农牧之神,
天沿着桥梁和屋顶
倾泻被风推动的野生牛群。

但谁也没有停下,
谁也不愿变成云,
谁也没寻找蕨类,
没寻找长鼓黄色的轮。

当月亮露出身影
波尔卡舞曲为了搅扰天空而滚动;
一根根针的界线将把记忆围困
而棺材将带走不劳动的人们。

污泥浊水的纽约,
电缆与死亡的纽约。
什么样的天使隐藏在你的面颊上?
什么完美的声音会说出小麦的真理?
什么人会有你被玷污的海葵的可怕的梦想?

年迈潇洒的沃尔特·惠特曼,

我一刻也没有停止观看你落满蝴蝶的胡须,
观看你被月亮消耗的灯芯绒的肩膀,
观看你阿波罗纯贞的大腿,
你宛如灰烬立柱的声响;
年迈潇洒的长者宛若雾霭,
你像鸟儿一样呻吟
一根针扎在它的性器官上,
与滥施淫威为敌,
与葡萄藤为敌,
热爱粗布遮蔽的身躯。

煤矿、广告和铁路上男子汉的美,
你一刻也没有梦想
自己变成一条河流并睡得像一条河流一样,
没有梦想过那个同志,他会把
无知的豹子的小小痛苦放进你的胸膛。

血性的亚当,海上的孤独者,男子汉,
年迈潇洒的沃尔特·惠特曼
因为那些不男不女的人,
聚集在平台上,酒吧里,
成群结伙地从下水道里出来,
在司机的腿中战栗
或在洋艾酒的讲台上旋转,沃尔特·惠特曼,
他们任何时候都没在你身上留下痕迹。

还有！还有那个！沃尔特·惠特曼，
北方的白人，沙滩的黑人，
像猫与蛇一样
吵吵嚷嚷比手画脚的人群，
不男不女的人，不男不女，
驯马者的靴子或啃咬，泪水的沉积，
为了鞭子的肉体
纷纷跌落在你纯贞美丽的胡须。

还有！还有那个！涂抹颜色的手指
指着你的梦想
当那位朋友将你
略带汽油味的苹果品尝
小伙子们在桥下游玩
而太阳在他们的肚脐上歌唱。

然而你没有寻觅被抓伤的眼睛，
没寻觅淹没孩子们的极浑浊的水滩，
没寻觅冻结的唾液
也没寻觅蟾蜍腹部似的受伤的线条
那些不男不女者在轿车和平台上带着它们
当月亮将他们打击沿着恐怖的街角。

你在寻觅一个裸体，公牛和
将轮子与水藻聚在一起的梦乡，
你的临终挣扎的父亲，你的死去的山茶

它宛似一条河流并呻吟在你隐蔽赤道的火焰上。

因为人的确不该在第二天清晨血的森林里
寻觅自己的欢娱。
天拥有避免生命的海滩,
黎明中有不会重复的躯体。

挣扎,挣扎,梦想,酵素和梦想。
朋友,这就是世界,挣扎,挣扎。
死者在城市的钟表下腐烂。
战争带着一百万灰鼠哭泣着过去,
富豪们将被照亮的小小的奄奄一息者
送给他们的亲爱的娇娘,
而生命不神圣,不美好,也不高尚。

人如果愿意,可以沿着珊瑚的枝杈
和天的裸体引导自己的情欲。
明天爱情将化作岩石而时间
将是一阵沿枝头吹来的沉睡的微风。

因此,年迈的惠特曼,我不会高声
反对那个男孩,他将女孩的名字
写在自己的枕头上,
不反对那个小伙子,
他在衣柜的黑暗里穿上新娘的服装,
不反对游艺场中的孤独者,

他们恶心地喝着妓院里的水,

不反对绿色目光的男人,

他们爱慕男性并默默地使他们的嘴唇滚烫。

然而是的,反对你们,城市中不男不女的人们,

肿大的肌体和污秽的思想。

鹰身女妖。污泥的母亲。

没有分发快乐王冠的爱神之梦的敌人。

我永远反对你们,因为你们用苦涩的毒剂

给青年们肮脏死亡的液体。

永远反对你们,

美国的菲瑞们,

哈瓦那的帕哈罗们,

墨西哥的何托们,

加的斯的萨拉萨们,

塞维利亚的阿皮奥们,

马德里的坎科们,

阿里坎特的弗洛拉们,

葡萄牙的阿德赖达们[①]。

全世界的马丽卡们,屠杀鸽子的凶手!

女人的奴隶。她们梳妆台的母狗。

公开出现在扇子狂的广场

[①] 上述这些名字系不同地区为"不男不女"之流起的绰号,亦即下文中所提的"马丽卡"。

或者在毒芹僵硬的景色中潜藏。

决不休战！死神
从你们的眼里冲出
并将灰色的花朵聚集在污泥的岸边。
决不休战！警惕！！！
让所有糊涂的人，纯洁的人，
古典的人，杰出的人，请求的人，
都向你们关闭纵酒狂欢之门。

而你，英俊的惠特曼，胡须向着极地
并张开双手，睡在哈得孙湾的岸边。
柔软的黏土或白雪，你的舌头在将同志们召唤
他们守护着你那没有遗体的陶棺。

睡吧：什么也没有了。
墙壁的舞蹈震撼着草地
而美洲沉没在机器和哭声里。
我愿最深沉的夜晚的强风
将你安息处拱门上的字母和花朵抹去
让一个黑孩子向金发的白人
宣告麦穗王国降临的消息。

九 逃离纽约

——面向文明的两首华尔兹

维也纳小华尔兹

维也纳有十个姑娘,
一群被制成标本的鸽子,
死神哭泣在一只肩膀上。
在冰霜博物馆里
有清晨的一章。
一个大厅有一千扇窗。

啊咿,啊咿,啊咿,啊咿!
跳这个华尔兹,要将嘴闭上。

这个华尔兹,这个华尔兹,这个华尔兹,
肯定,白兰地,死亡,
裙尾浸湿在海洋。

我爱你,我爱你,我爱你,

用软椅和死去的书籍,
沿着令人怀念的走廊,
在百合花黑暗的阁楼里。
在我们属于月亮的床
在乌龟梦想的舞蹈上。

啊咿,啊咿,啊咿,啊咿!
跳这个华尔兹,会把腰扭伤。

维也纳有四面镜子
你的嘴与回声在那里消遣。
有一个为了钢琴的死神
在用蓝色化妆青年。
屋顶上有许多乞丐。
有哭泣的新鲜的花环。

啊咿,啊咿,啊咿,啊咿!
跳这个华尔兹,它死在我的两臂间。

亲爱的,因为我爱你,爱你,
在孩子们玩耍的顶楼里,
梦想着匈牙利古老的光芒
伴随着温和下午的窃窃私语,
看见白雪的绵羊与百合
在你额头昏暗的静寂。

啊咿,啊咿,啊咿,啊咿!
跳这个华尔兹,"我永远爱你"。

我将在维也纳和你
跳舞,戴着一副
头颅像河流一样的面具。
你看我有风信子的河岸!
我将嘴放在你的双腿之间,
我的灵魂在照片与百合上,
亲爱的,亲爱的,我要将
提琴和坟墓,华尔兹的飘带,
放进你行走产生的朦胧的波浪。

枝头上的华尔兹

向维森特·阿莱克桑德雷的诗《华尔兹》致敬

落叶一片,
两片,
三片。
一条鱼游在月亮上。
水睡一小时
而海睡 百小时。
贵妇人
在枝头死亡。
修女

在柚子里歌唱。

小姑娘

从松树走到菠萝上。

而松树

寻找颤音的羽毛。

但夜莺

在附近哭泣它的悲伤。

我也同样,

因为一片

两片

三片叶子落在地上。

一个水晶的头颅

和一把纸的提琴。

如果雪睡上一个月

它会战胜世界,

而枝条与世界作战,

一对一,

二对二,

三对三。

啊,无形肉体的坚硬的象牙!

啊,黎明时没有蚂蚁的海湾!

树枝的"哞",

贵妇的"啊咿",

青蛙的"呱"

和蜂蜜黄色的"咕噜"。

一个影子的躯干

将到来,头戴桂冠。
天对于风
将像墙壁一样坚牢
而折断的枝条
将和它一起舞蹈。
一对一
围绕着月亮,
二对二
围绕着太阳,
而三对三
为使象牙进入梦乡。

十　诗人到达哈瓦那

致堂费尔南多·奥尔蒂斯[①]

古巴黑人的"松"

月圆时我将去古巴圣地亚哥,
去圣地亚哥,
乘黑水的轿车
去圣地亚哥。
棕榈的屋顶将会歌唱
去圣地亚哥。
当棕榈叶想变成白鹤,
去圣地亚哥。
当香蕉想变成水母,
去圣地亚哥。
和丰塞卡的满头金发
去圣地亚哥。
去圣地亚哥。

---

① 费尔南多·奥尔蒂斯(1881—1969),古巴作家、社会学家。

和罗密欧与朱丽叶的玫瑰

去圣地亚哥。

纸的海洋与钱币的白银。

去圣地亚哥。

啊,古巴!啊,干燥种子的节奏!

去圣地亚哥。

啊,腰部的滚热和木材的液滴!

去圣地亚哥。

竖琴,用有活力的树干制作。鳄鱼。烟草的花朵。

去圣地亚哥。

我总说要去圣地亚哥

乘一辆黑水的轿车。

车轮上的海风与酒,

去圣地亚哥。

我黑暗中珊瑚的颜色,

去圣地亚哥。

沙滩上窒息的大海,

去圣地亚哥。

白色的炽热,死亡的水果,

去圣地亚哥。

啊,芦苇的牛的清爽!

啊,古巴!叹息和泥土的曲线啊!

我要去圣地亚哥。

385

塔马里特短歌[1]（选十）

（1931—1934）

---

[1] 这是一组以阿拉伯诗歌形式创作的短歌。塔马里特,诗人家里一个果园的名字。

可怕情况之歌

我愿流水失去河床。
我愿风儿失去山谷。

我愿黑夜失去眼睛
我的心失去黄金花朵的芳香,

愿耕牛与硕大的叶子讲话
愿蚯蚓因阴暗而死亡,

愿骷髅的牙齿闪光
愿黄色泛滥在丝绸上。

我会看见痛苦、受伤的黑夜
蜷着身体与正午较量。

我忍受绿色有毒的黄昏
和一座座破旧的拱门——那里有受难的时光。

然而你不要炫耀纯洁的裸体

宛如一棵黑色仙人掌在灯芯草上开放。

让我将黑暗的星球渴望
别让我将你鲜艳的腰肢观赏。

绝望爱情之歌

黑夜不肯垂下幕帐
使得你不能来，
我不能往。

然而我将前往，冒着
像蝎子一样蜇着双鬓的骄阳。

然而你会到来
哪怕舌头被含盐的雨水灼伤。

白昼不肯来
使得你不能来，
我不能往。

然而我将前往，将我
残存的石竹向那些蟾蜍献上。

然而你会到来
沿着黑暗、污浊的地方。

黑夜和白昼都不肯赏光
为了让我为你而死
让你为我而亡。

死孩儿之歌

每天下午都有一个孩子
死去,在格拉纳达。
每天下午河水都坐下来
与它的朋友们谈话。

死者生若绿苔的翅膀。
乌云的风和纯净的风
是两只山鸡在塔楼之间飞翔
而白昼是一个受伤的儿郎。

空中没有云雀的踪影
当我在酒的洞穴中遇到你。
地上没有云彩的痕迹
当你在河水中淹溺。

一位水的巨人降落在山巅
山谷携带着狗群和百合花滚滚向前。
你的身体是一位寒冷的天使,
带着我双手紫色的影子死在岸边。

黑暗死神之歌

我愿进入苹果的梦乡,
远远离开坟墓的喧嚷。
我愿进入那儿童的梦乡
他要在远海刺伤自己的心房。

我不愿人们反复地对我讲
说什么死者不会失去血浆
腐烂的唇儿仍在将水渴望。
我不想知道青草散发的痛苦
和长着蛇嘴的月亮
黎明前在劳作奔忙。

我愿睡上片刻,
一小会儿,一分钟,一个世纪,
然而要让大家知道我仍是活着的生命,
我的双唇上有一个黄金的畜栏,
我是西风小小的朋友,
我是自己泪水的无垠的阴影。

请为我给黎明蒙上面纱
因为它会向我把蚂蚁抛撒,
并用凛冽的水将我的鞋子打湿
好让它那蝎子的双钳从上面滑下。

因为我想进入苹果的梦乡
学习哭泣——它为我洗掉泥浆,
因为我想和那黑暗的孩子一起生活
他要在远洋中刺伤自己的心房。

树 枝 之 歌

铅灰的狗群等待
在塔马里特的树丛中间
树枝儿落下
并自己折断。

在塔马里特的树上
一个苹果在哭泣。
一只夜莺将叹息收集
而一只山鸡却正驱使它们从尘埃中逃离。

然而树枝快乐、高兴,
然而树枝与我们相同。
它们不在思念雨水并已睡熟,
它们似乎顿时变成了树木。

两条山谷流水潺潺
坐在膝盖上等候秋天,
昏暗迈着大象的步伐
推动着树枝和树干。

在塔马里特的树丛中间
有许多孩子,用面纱蒙着脸,
等候着我的枝条落下
等候着它们自己折断。

卧女小曲

看见你的裸体就会想起大地,
光洁的大地,没有马匹,
没有灯芯草的大地,纯净的形体,
封锁着前途:白银的天际。

看见你的裸体就会理解雨水的渴望:
它在寻觅柔弱的腰身
或面孔无垠的海洋的激情
却没找到它面颊闪烁的光芒。

血液将在卧室中回响
并将带着宝剑到来,闪着寒光,
但是你却不会知道
蟾蜍的心或紫罗兰在何处躲藏。

你的腹部是根的纷争。
你的嘴唇是无边的黎明。
死者在呻吟,等候自己的时刻
身上是床榻温柔的玫瑰花丛。

露天之梦小曲

茉莉的花朵和砍下头颅的公牛。
无垠的路面。地图。客厅。竖琴。清晨。
小姑娘梦见一头茉莉花的公牛
而公牛是一个吼叫、淌血的黄昏。

如果天空是一个男孩儿
茉莉就会有半个黑暗的夜晚
和蓝色竞技场上没有斗牛士的公牛
以及一颗心在立柱旁边。

然而天空是一头大象
茉莉是没有血液的水,
小姑娘是夜晚的花枝
在漆黑无垠的路面上开放。

在茉莉和公牛之间
或是象牙的弯钩或是熟睡的人们。
在茉莉上面是一只大象和云彩
而牛背上是小姑娘的骷髅。

难得之手小曲

我只要一只手,
一只受伤的手,假如可能。
我只要一只手,
就是过上一千个没有床的夜晚也行。

那将是一株苍白的石灰的百合,
那将是一只鸽子系在我的心上,
那将是我度过夜晚的卫士
绝对禁止闯入月亮。

我只要那样的手
作为日常的食油和垂危时洁白的床帐。
我只要那样的手
作为死亡的一只翅膀。

其他一切都正在过去。
已是无名的羞涩,永恒的星。
其他是另一回事:悲伤的风
当树叶纷纷飘零。

金色姑娘小曲

金色的姑娘
在水中沐浴
水也变得金黄。

水藻和树枝的影子
为她布下阴凉
夜莺为洁白的姑娘
婉转歌唱。

明亮的夜色降临
像劣质的白银一样朦胧
还有光秃秃的山岭
迎着浑浊的风。

湿漉漉的姑娘
在水中洁白漂亮
水也闪闪发光。

纯净的黎明降临

生着上百头奶牛的脸庞，
僵硬地将结冰的花环
裹在自己身上。

泪流满面的姑娘
沐浴着火光
夜莺在哭泣
带着烧焦的翅膀。

金色的姑娘
是一只洁白的鹭鸶
水使她变得金黄。

黑鸽小曲

致克劳迪奥·纪廉

我看见两只黑鸽
落在桂树枝上,
一只是太阳,
一只是月亮。
"亲爱的邻居,"我对它们讲,
"我的坟墓在何方?"
太阳说:"在我的尾巴上。"
月亮说:"在我的喉咙里。"
当时我正在赶路
腰上带着泥土。
我看见两只雪白的鹰
和一个裸体的姑娘。
两只鹰一模一样,
可姑娘却哪一个也不像。
"亲爱的鹰啊,"我对它们讲,
"我的坟墓在何方?"
太阳说:"在我的尾巴上。"

月亮说:"在我的喉咙里。"
我看见两只黑鸽
落在桂树枝上。
两只黑鸽一模一样
却又什么都不像。

致伊格纳西奥·桑切斯·梅希亚斯[①]的挽歌

(1934)

[①] 伊格纳西奥·桑切斯·梅希亚斯(1891—1934),西班牙著名斗牛士,洛尔卡的好友,曾资助过"二七年一代"诗人。

献给我亲爱的朋友

恩卡尔纳西翁·洛佩斯·胡尔维斯①

---

① 恩卡尔纳西翁·洛佩斯·胡尔维斯(1898—1945),阿根廷舞蹈家,斗牛士桑切斯·梅希亚斯的情人。

一　牴伤与死神

下午五点钟。
刚好是下午五点钟。
一个孩子带来了裹尸的白绫。
下午五点钟。
一筒石灰已经备用。
下午五点钟。
唯有死神在，其余万事空。
下午五点钟。

疾风卷走了棉絮
下午五点钟。
铁锈播下了镍和水晶
下午五点钟。
雌鸽与金钱豹抗衡
下午五点钟。
大腿被绝望的角刺中
下午五点钟。
六弦琴以大弦演奏
下午五点钟。

迷雾和毒药的钟声轰鸣
下午五点钟。

街头的人群沉默不语
下午五点钟。
孤独公牛的心口朝向天空!
下午五点钟,
雪的汗水缓缓流到
下午五点钟,
斗牛场被碘酒遮得密不透风
下午五点钟,
死神在伤口上产卵
下午五点钟。
下午五点钟。
刚好是下午五点钟。

床榻变成带轮子的棺木
下午五点钟。
骨骼和笛子在他耳中奏鸣
下午五点钟。
公牛在他的前额吼叫
下午五点钟。
卧室化作挣扎的彩虹
下午五点钟。
恶疽从远方奔来
下午五点钟。

绿色的腹股沟开出喇叭形的百合
下午五点钟。
伤口像燃烧的烈日
下午五点钟。
刚好是下午五点钟。
啊,多么可怕的下午五点钟!
所有的时针都指在五点!
下午五点笼罩在阴影中!

二 流淌的血

我不想看那鲜血流淌!

请唤来月亮,
告诉她:我不想看见
伊格纳西奥的鲜血流淌在黄沙上。

我不想看那鲜血流淌!

月亮门户开放,
浮云的骏马
和宛似梦幻的斗牛场
垂柳棵棵在头排座位上。

我不想看那鲜血流淌!
我的记忆在冒着火光。
请对开着白色小花的茉莉
将我的心思转告!

我不想看那鲜血流淌!

"旧世界"的奶牛
用痛苦的长舌
舐着血的嘴巴
这血
在黄沙地流淌
而吉桑多①的公牛
几乎僵死,几乎像岩石一样,
它们似乎吼叫了两个世纪
已不愿将四蹄踏在地上。

不。
我不想看那鲜血流淌!

伊格纳西奥走上阶梯
将死神背在身上。
他在寻找黎明
而那并不是曙光。
寻觅自己固定的身影
梦却使他迷失方向,
他寻觅自己健美的体魄
却找到鲜血流淌。
别让我看到那鲜血!

---

① 吉桑多,位于西班牙阿维拉,有巨大的公牛雕像群,属于公元前二世纪的高原凯尔特文化。

我不愿感到那血流
越来越没有力量,
那照亮看台的血流
倾泻在渴望的人群
灯芯绒和皮革的衣服上。
谁让我探头,谁向我叫嚷?
别让我看那鲜血流淌!

看到公牛的双角靠近
他没有将眼睛闭上,
但那些可怕的母亲
却抬头仰望上苍。
一阵隐隐的呼唤
越过一座座牧场
苍白如霜的牧工头领
向着天上的公牛叫嚷。

塞维利亚的王子
岂能与他相提并论,
既没有他那样的宝剑
更没有他那样的赤心。
他神奇的力量
宛如一条雄狮的河流
他谨慎的举止
宛如一尊大理石的雕像。
安达卢西亚的罗马风姿

使他的头颅闪着金光
他脸上的笑容
是一朵高雅与智慧的夜来香。
作为斗牛士,他多么伟大!
作为山民,他多么善良!
他对谷穗多么温柔!
他对马刺多么刚强!
他对露珠多么体贴!
在游艺会上闪烁光芒!
他多么威武啊,当他将黑暗
最后的带着小旗的扎枪刺在公牛的背上!

但他已经长眠。
青苔和绿草
用坚实的手指
使他头颅的花朵开放。
他的血液开始歌唱:
沿着僵硬的牛角流淌,
歌唱沼泽和牧场;
他的灵魂在迷雾中徘徊,
宛似一条黑暗、痛苦的长舌
和千百只牛蹄相撞,
为了在星星汇成的瓜达尔基维尔河旁
开出一座挣扎的水塘。

啊,西班牙白色的城墙!

啊,黑色的该死的牛!
啊,伊格纳西奥顽强的血!
啊,他的血管的夜莺!

不。
我不想看那鲜血流淌!
没有圣杯将它存放,
没有燕子将它品尝,
没有闪光的冰霜将它冷藏,
没有歌声和盛开的百合,
没有玻璃为它披上银装。
不。
我不想看那鲜血流淌!!!

三 眼前的躯体

岩石是一个前额,梦幻在那里呻吟
没有弯弯的流水也没有冰冻的松林
岩石是一个脊背:为了背走时间
还有眼泪的树木以及绸带和星辰。

我见过灰色的雨水向波涛流去
将千疮百孔的娇嫩的手臂举起
为了不被铺开的岩石捕获
它正伸展肢体而没有吸收血滴。

因为岩石将种子和乌云收藏
还有云雀的骨架和阴险的豺狼,
但却没有声音,没有结晶,没有火光,
而只有斗牛场,斗牛场,无墙的斗牛场。

应运而生的伊格纳西奥已在岩石上。
他已经结束。出了什么事!请看他的形象:
死神给他涂上了苍白的硫黄

将黑暗的弥诺陶洛斯①的头颅给他安上。

他已经结束。雨水滴进他的口腔。
气息像发疯似的离开他深陷的胸膛,
而眼泪似雪水一般的爱神,
在牧场的顶峰心潮激荡。

他们在说什么?一阵难闻的寂静。
我们面前的躯体正在消融,
那是一个清晰的形体,它曾有许多夜莺
而现在却充满了无底的空洞。

谁在将裹尸布揉弄?他说的不是真情!
这里没有歌唱,角落里也没有哭声
没有人使用马刺也没人将毒蛇惊动,
我在此只需要睁大的眼睛
好将那永不平静的躯体看清。

我在此想看到声音坚定的人们,
他们将烈马驯服,让河水顺从:
他们用充满岩石和阳光的口腔歌唱,
他们的骨架发出铮铮的响声。

我想在此看到他们。在岩石面前。

---

① 弥诺陶洛斯,希腊神话中的牛头人身怪物。

在这躯体面前,他已将羁绊打破
我愿他们能告诉我
这位名将如何将束缚他的死神挣脱。

我愿他们教我一种哭泣,宛似一条江河
有着甜蜜的雾霭和高耸的河岸
好将伊格纳西奥的躯体带走并让它消失
再也听不到公牛双倍的气喘。

让他消失在月亮的圆形的广场
当静止的公牛装得像伤心的少女一样,
让他消失在没有鱼儿歌唱的夜晚
消失在冻雾白色的灌木中间。

我不愿人们用方巾盖住他的脸
让他对身上的死神感到自然。
去吧,伊格纳西奥。别听那热烈的吼叫。
睡吧,飞翔,安息;连大海也会流入黄泉!

四 消逝的灵魂

公牛与无花果不认识你
还有你家的马匹和蚂蚁。
孩子和傍晚不认识你
因为你已永远地死去。

岩石的脊背不认识你,
还有黑绸,尽管你在那里解体。
你沉默的记忆不认识你
因为你已永远地死去。

秋天带着海螺到来,
还有雾的葡萄和聚集的山峰,
但谁也不愿再看你的眼睛
因为你已经永远地丧生。

你已经永远地死亡
像地球上所有的死者一样,
像所有的死者
在消沉的狗群中被人遗忘。

谁也不认识你。不。但我要为你歌唱。
为了未来我要歌唱你的高雅和你的形象。
歌唱你学识非凡的成熟,
歌唱你双唇的雅兴和对死的向往。
歌唱你勇敢的欢乐所具有的悲伤。

一个如此鲜明,如此富有传奇色彩的安达卢西亚人
如果可能,也要过很长的时间才会再生,
我用呻吟的语言歌唱他的丰采
并牢记那吹拂着橄榄树的悲风。

十四行诗(选六)

(1924—1936)

悼何塞·德·希里亚·伊·埃斯卡兰特

谁能说曾见过你并在什么时候?
被照亮的黑暗令人痛心疾首!
钟表和风同时发出声响
当失去你的黎明升起在东方。

沾满灰尘的晚香玉错乱的神经
在你脆弱的头脑中肆意横行。
男子汉!激情!光的痛苦!记住。
归来啊,化作月亮和空空的心灵。

归来吧,化作月亮。我要用自己的手
向河上抛掷你的苹果
而红鱼和夏天使河水混浊。

而你,高高在上,碧绿而又寒冷,
忘掉我!忘掉这毫无意义的星球,
苦不堪言的焦孔多[①],我的朋友。

---

① 焦孔多(1433—1515),意大利人文主义者、建筑师。

诗人请求情侣给他写信

心灵之爱啊,活着的死神:
我徒劳地恭候你的回音,
看着凋零的花朵我在考虑
要失去你先要失去自身。

空气不会死亡。岩石没有感情
既不认识阴影也不追求光明。
内在的心灵啊,不需要月亮
将它那冰冷的蜜汁倾泻在其中。

我在撕裂血管,为你而悲伤,
老虎和鸽子在你的腰肢上——
利齿与芳香在进行殊死的较量。

请让我的疯狂充满语言
或者让我生活在夜的寂静
让黑暗永远笼罩我的心灵。

致飞翔的梅尔塞德斯

你在高高的岩石上
是一把冰冷、僵硬的提琴。
一个没有喉咙的黑暗的声音
既响彻四方又默默无闻。

你的思想是雪花片片
在洁白无垠的荣誉上滑翔。
你的身影是永恒的烧伤。
你的心灵像鸽子展开了翅膀。

请你在自由的天空歌唱
清晨芳香的乐章,
歌唱光的山岗和百合的创伤。

我们将在这里,不分黑夜白天
在痛苦的街头,
制造忧伤的花环。

不眠爱之夜

伴着圆圆的月亮,咱俩沿黑夜而上,
我哭泣悲伤,你笑脸飞扬。
你俨然像个上帝,我的哀怨
是被镣铐锁着的鸽子和时光。

咱俩沿黑夜而下。痛苦晶莹闪亮,
你在哭泣,徘徊在幽深的远方。
我的痛苦是一阵阵挣扎
在你沙子般绵软的心上。

曙光使我们在床上结合,
在两张嘴的下面
一股冰冷的血无休止地流淌。

阳光从关闭的阳台射入
而生命的珊瑚的花枝
在我装殓起来的心中开放。

甜蜜的怨言

我怕失去你
雕像一般美妙的眼神
和你内心孤独的玫瑰
在我的面颊上呼出的诗韵。

作为岸边没有枝条的树干
我感到心酸;对蠕虫
失去花朵、汁液或黏土的苦难,
我尤其感到遗憾。

如果你是我珍藏的宝贝,
如果你是我的十字架和痛苦的深渊,
如果我是你麾下的犬,

请不要让我失去已经赢得的东西
请用我迷人秋天的叶片
将你河中的流水装点。

爱情安睡在诗人的怀抱

你永远不会懂得我对你的爱恋
因为你安睡在我的怀抱里边。
我隐藏着你,不停地哭泣
一个刺人肺腑的声音将我熬煎。

震撼肉体和星宿的形式
穿透了我痛苦的心房
含混不清的话语
咬伤了你严酷灵魂的翅膀。

人群在花园里跳上跳下
等候着你的身体和
我在光的马匹与绿色鬃毛上的挣扎。

然而你仍在安睡,我的生命。
请听我破碎的血液在琴上的声音!
请看有人仍在窥视着我们!

附　录

一九九四年版序言[①]

> 人们在心灵里
> 带来中国海的一条鱼。
> ——加西亚·洛尔卡

当赵振江教授建议我选这本加西亚·洛尔卡的诗集时,我毫不犹豫地接受了。这些诗篇,我几乎可以背诵。我少年时代的目光,曾沿着这些纯净的诗句攀上奇异的云朵,也曾坠入苦闷的深渊。然而这是很久以前的事了,那时诗人神秘的记忆在我生命中留下了创伤。

我出生在格拉纳达——加西亚·洛尔卡的格拉纳达,我父母当年常常在比斯纳尔的一个别墅消夏。这个村子正是一九三六年八月的一天凌晨,法西斯分子杀害诗人的地方。当时的比斯纳尔是一个沉浸在寂静中的穷山村,高压令人心惊胆战,因为从内战一开始,背叛共和国的势力就把村子的四周变成了杀人场。在那些年的夏天,时常会有轿车停在村中的

[①] 这是西班牙诗人哈维尔·埃赫亚为译者所译洛尔卡诗集第一个译本（人民文学出版社,1994年）所作的序言。

广场上,车上的人向坐在酒馆门口的农民打听诗人埋葬在什么地方。谁也不作声。炎热的上午,在枝残叶破的树荫下,在抽泣的泉水边,恐怖的气氛更加紧张。几个世纪以前阿拉伯人就给那清冷的泉水取了个恰如其分的名字:阿雅纳达玛尔——泪泉,真是名副其实。然而早在很久以前,诗人神秘的记忆就在我的生命中留下了创伤。

我母亲年轻时学过钢琴,她出生在格拉纳达一个资产阶级家庭,与另一个同样住在该市的罗萨莱斯家族保持着某种友谊,后者与诗人之死是密切相关的。在罗萨莱斯家的聚会中,我母亲经常演奏她喜欢的诸如贝多芬、肖邦、德彪西的作品。当时这个省城的下午是宁静的,但不久以后就变成了鲜血和死亡的风暴。我曾听母亲讲过这样的逸事:在一次聚会时,费德里科·加西亚·洛尔卡在场,他也是钢琴家,于是他们便互相认识了,并且四手联奏了几首曲子。母亲是怀着骄傲和痛苦的心情讲述此事的。

母亲的一位弟弟是医生,他那时每天都到圣维森特果园去,为诗人的父亲——糖尿病患者——注射胰岛素。舅父曾讲过他与费德里科的交谈,诗人是从马德里回来与家人一起度假的。据舅父讲,后来加西亚·洛尔卡被捕时,他曾与另外一些人去格拉纳达市政府为诗人斡旋。在同我舅父一起去的人中,就有罗萨莱斯弟兄中的一位。在军事叛乱时,他们都是长枪党的头目。诗人正是在罗萨莱斯家中被捕并被带到比斯纳尔惨遭杀害的。不幸的圆圈就这样形成了,它在我生命中留下难以愈合的创伤:事出偶然吗?不:这是历史。

这个选集是严格遵循我个人的标准的。许多人肯定会认为我随心所欲。我不会后悔。因为这样的选法是为了避免连篇累牍的注释和说明。我唯一的想法是把加西亚·洛尔卡那些最使我着迷的诗篇,把他那些使我最受启迪的诗篇,把那些永不磨灭地铭刻在我的记忆和心灵中的诗篇,选入这个集子。我确信,这些诗句,无须评注,就是对诗人历史的最好的见证和说明。以上是与我个人经历有关的一些闲话,然而也正是这个序言的意义所在。

最后要指出的是,本集入选的诗篇,除《诗人在纽约》中的作品选自欧蒂米奥·马丁的版本(阿列尔出版社,巴塞罗那)以外,其余皆选自马里奥·埃尔南德斯的版本(联盟出版社,马德里)。

读者先生,我认为,呈现在你面前的是当代诗歌百花园中一些最美丽的花朵。

哈维尔·埃赫亚
一九八九年四月于格拉纳达

献给加西亚·洛尔卡的悼诗

致一位不该死去的诗人的挽歌

拉法埃尔·阿尔贝蒂①

不是你的死神,不该轮到你死。
它居心叵测地故意走错了门。
你去哪里?我迫不及待地喝问,
可仍未能改变你的命运。

我的死神早起了!起来了!一种预感
在石灰、屋顶和塔楼上打战。
黑暗不惜一切代价向风发出警告,
河流不惜一切代价向村镇呐喊。

我被囚禁在岛屿,哪里知道你的死神

---

① 拉法埃尔·阿尔贝蒂(1902—1999),"二七年一代"的重要诗人,洛尔卡的好友。在共和国失败后曾长期流亡阿根廷和意大利,一九七七年回国,一九八三年获塞万提斯文学奖。他于一九三一年加入共产党,所以他在诗中认为死神找错了门,洛尔卡是替他而死的。

将你遗忘,却让我的死神肆意嚣张。
我多么痛苦,痛苦,痛苦地看到
你变成了我的模样,本该轮到我死亡。

那鲜血扭曲了你的记忆、所有的鲜花
和未受枪击的晶莹的心脏,
你最后的目光中对此闪烁着恐惧,
你死后不要将它带到你的天堂。

倘若你替我而死,我替你活在世上,
倘若你的生命应该更美更长,
我绝不会将她辜负,直到大地
重新闪耀收获的光芒。

一九三七年,保卫马德里的第八个月

致我们的诗人的挽歌

曼努埃尔·阿尔托拉吉雷[①]

想起你,我会忘记自己还活着,
我会把自己看成
大地上的尘埃并与你结合在一起
就像离你坟墓最近的土地。

[①] 曼努埃尔·阿尔托拉吉雷(1905—1959),西班牙诗人、出版家。他出版了"二七年一代"的许多作品及刊物。共和国失败后,流亡古巴和墨西哥。他的诗歌全集于一九六〇年出版。

那无情的土地
取代了你朋友们爱的追求
却无法阻止我效法它的榜样
将哭泣和对你的回忆融为一体。

死神已为你的存在剪影,
你已结束的生命
虽无法与未来相通
却以他勾画的轮廓获得了永生。
在你所在的地方
你的名誉之树鲜花怒放
沐浴着无限的春光。
你名字的花朵向我们重复着
你永恒的爱的回忆。
你的死是完美的结局。
只有对死者才有称呼。
我们活着的人没有姓名。

我的躯体会变得巨大坚强
当它接受你名声的回响,
这回响在无边的深谷震荡
连我也化为细小的岩石
汇入群山哀婉的合唱。
我将变成悬崖,以此作为回报

将你名字的箭
射还死神悲剧的殿堂。
你那天堂的神秘的投石手
会将你名字的石子投向世界
生命之湖便睁大眼睛
眼睑像无垠的玻璃一样。
没有天空,没有平原,也没有山冈
使你杰出名字的波浪
沿着一个个同心圆向外扩张。

并非弟兄的痛苦,也不是人类的悲伤
我的悲痛是这样的情感
它会使思考的星星
在笼罩着你的黑夜开放。

我为你写下这些话语
脱离开我日常生活的梦想,
在一个遥远的星球上
我痛苦地哭泣
因为再也见不到你的面庞。

挽 歌 之 一①

——致诗人费德里科·加西亚·洛尔卡

米格尔·埃尔南德斯②

死神手持生锈的扎枪,
身着炮衣,行走在荒原上,
在苦涩的雨水中播种骷髅,
而人,在培植根和希望。

田陌碧绿一片,
什么样的天气将欢乐压扁?
太阳使血液腐烂,使它布满了埋伏
并生出了黑暗中的黑暗。

痛苦和它的斗篷
又一次见证了我们的相逢。
我泪如雨下,
又一次走进了哭泣的胡同。

---

① 选自诗集《人民的风》。
② 米格尔·埃尔南德斯(1910—1942),西班牙"三六年一代"著名诗人。一九三三年出版了第一部诗集《月亮上的能手》。一九三六年加入共产党并参加了保卫共和国的战斗。战后被佛朗哥政权判处死刑,后改为三十年监禁,于一九四二年病死狱中。主要诗作有《不停的闪电》(1936)和《人民的风》(1937)等。此外还著有《坚如磐石的儿女》(1935)等剧作。

我总是看见自己
置身于这倒流的苦涩的阴影,
它是用眼睛和肠线揉成,
入口处有一盏挣扎的油灯
和一串愤怒的心灵。

我想痛哭,在一口井中,
在水、抽泣和心灵的
同一条陌生的根中:
那里无人看得见我的声音和目光,
无人看见我泪水的踪影。

我缓缓地进入,缓缓地低下头,
心灵在缓缓地撕扯着我,
在吉他旁,缓缓地
愁苦地再次哭出我的哀歌。

在所有逝者的哀歌中,
我没有忘却任何一个回声,
哭泣的手会选取一个,
因为它更强烈地回荡在我的心灵。

弗德里科·加西亚,昨天
还这样称呼:现在却化作了尘土。
昨天还拥有沐浴着阳光的天空,
今天只有绊根草下的坟坑。

何等辉煌！你曾何等辉煌
而如今却变成这样！
你从齿间抽取的动人的欢畅，
曾使立柱和胸针荡漾，
如今你多么悲伤，
只想要棺椁的天堂。

身穿骨架的衣裳，
睡得像灌了铅一样，
装备着冷漠和尊敬，我在看
你的眉宇间是否浮现出我的脸庞。

你雄鸽的生命被掠走，
它曾让窗口和天空
萦绕着泡沫和咕咕的叫声，
刮走岁月的风
宛如羽毛的奔腾。

最优秀的苹果
蛀虫对你的汁液无可奈何，
蛆虫的舌头对你的死无可奈何，
为了将残暴的健康赋予那弱小的苹果
苹果树将选择你的骨骼。

你的唾液失明的源泉，
雌鸽之子，

夜莺和橄榄树之孙：
只要是大地去而复返，
你永远是千日红的夫君，
忍冬花强壮的父亲。

死是多么简单：多么简单
但又是何等不公的莽撞！
它不晓得谨慎行事，它的利刃
总是乱砍在人们最想不到的地方。

你，最坚固的建筑，倒塌了，
你，飞得最高的雄鹰，跌落了，
你，最响亮的吼声，
沉默了，沉默，永久的沉默。

你快乐的石榴树的血，
像残酷的铁锤一样，
砸向那致命地逮捕你的人。
唾液和镰刀
落在他前额的污痕上。

一位诗人逝去，创作
受了伤并挣扎在心坎上。
宇宙冷汗的颤抖，
死神的光芒，使高山
与河流的子宫可怕地摇晃。

我看到眼睛不曾干枯的森林,
听到村镇的叹息和山谷的哀鸣,
泪水与披风的林荫大道:
卷着落叶的旋风,
丧服接着丧服和丧服,
哭声连着哭声和哭声。

你的骨骼不会被蜜汁的火山
和蜂巢的雷声拖走或吹散,
编织成的、温柔的、苦涩的诗人,
沐浴亲吻的温暖,你会在长长的两串
匕首中间,感到长长的爱情、死亡和火焰。

为了将死去的你陪伴,
在天地的各个角落里布满
和谐的乐队,
蓝色颤抖的闪电。
冰雹般的响板,
短笛、手鼓和吉卜赛人的营盘,
黄蜂和提琴的呼啸声,
吉他和钢琴的暴雨狂风,
长号和短号突然迸发的啼鸣。

但胜过这一切的是寂静。

在荒凉的死亡里
寂寞、孤独、落满灰尘的舌头

像一扇门嘭的一声
封闭了你的呼吸。

我似乎在漫步,
与你我的影子为伴
沿着铺满寂静的土地,
那里的柏树更喜欢阴暗。

你的挣扎围绕着我的喉咙
像绞刑架的镔铁
我在将你葬礼的苦酒品尝。
你知道,费德里科·加西亚·洛尔卡,
我就是这样的人,每天都在享受死亡。

罪行发生在格拉纳达

安东尼奥·马查多①

一 罪 行

黎明时人们看见你,

---

① 安东尼奥·马查多(1875—1939),西班牙诗人。生于塞维利亚,曾长期在索里亚、巴埃萨、塞戈维亚、马德里等地任中学法语教授。内战时期站在共和国一边。战后流亡法国,在那里病逝。早期诗歌受现代主义影响,后来逐渐转向社会现实生活,富于哲理性。主要作品有《孤寂、长廊及其他》(1907)、《卡斯蒂利亚的田野》(1912)和《战争的诗篇》(1937)等。

在枪林中,
向寒冷的田野走去,
天上还挂着星星。
他们杀害了费德里科
当东方出现光明
刽子手的队伍
不敢看他的面孔。
他们都闭上了眼睛;
祈祷:连上帝也救不了你!
费德里科倒下,心脏停止了跳动
——前额上淌血,铅弹射进胸中。
啊,可怜的格拉纳达!
要知道,罪行是在格拉纳达
是在他自己的家乡发生……

二 诗人与死神

只见他独自与死神走在一起,
对死神的钐镰毫不恐惧。
一座座塔楼沐浴着阳光;
铁锤砸在铁砧,砸在煅炉的铁砧上。
费德里科说着话,取悦死神,
死神在听着他演讲。
"朋友,因为在我昨天的诗句中,
你干枯的掌声在回响,
你给我的歌唱以冰霜,

给我的悲剧以银镰的锋芒,

我将歌唱你所没有的肌体,

你所缺少的眼睛,

你被风吹动的头发,

被人亲吻的樱唇……

今天宛如昨日,我的死神啊,吉卜赛女郎,

多么好呀,单独和你在一起,

在格拉纳达的氛围,在我的家乡!"

三

人们见他走过……

　　　　　朋友们,干吧,

在阿尔罕布拉宫①,用岩石和梦想

为诗人雕刻一座灵台,

在水流抽泣的泉上,

它永远在不停地讲:

罪行发生在格拉纳达,在他的家乡!

---

① 阿尔罕布拉宫,格拉纳达的摩尔人宫殿,始建于十三世纪,雄伟壮观,现为西班牙旅游胜地。

致费德里科·加西亚·洛尔卡

佩德罗·加菲亚斯①

费德里科,此时此刻,
我也想用从喉咙的海洋
涌出的沙哑声音向你诉说。
安东尼奥老师告诉我们
罪行在格拉纳达发生。
可我要说:格拉纳达
是世界坚定的黎明。
那个拂晓
法西斯感到干瘪的蛆虫
在他们的内脏里爬行。
夜已经死去,化作岩石,一片紫青,
黎明已经死去,宛似水被囚在牢中,
光明死在黑暗的棺材里
该死的人们杀害了你,而你
是麦穗、树木、青草、玫瑰、生命。

你充实地度过了
你诗人的、人民诗人的一生,

---

① 佩德罗·加菲亚斯(1901—1967),西班牙诗人,早期诗作《南方的翅膀》(1926)富有极端主义和创造主义特征,此后沉默了很长一段时间。内战期间发表了不少以战争为题材的诗篇,代表作是他在流亡期间创作的怀念祖国的诗集《伊顿·黑斯廷斯的春天》(1939)。其他作品有《孤独及其他痛苦》(1948)等。

此时此刻,你的死
正是人民的生。
费德里科兄弟,我要告诉你,
在苍白的大地下
你要警醒,要洗耳倾听
胜利的光明的枪声:
正好歇一程。
西班牙的每个工人,每个士兵,
都已用自己的双手,
在地上为自己挖好了一个洞:
不是战壕就是坟坑。

致费德里科·加西亚·洛尔卡

安东尼奥·阿帕里西奥[①]

它在我们身边已有十二个月份
并已在这里扎根
周围是步枪和柏树林。

我们对它必须尊敬和服从
我们必须倒下,当它的声音
从永恒的帅位上发号施令。

从不可动摇地发出第一响枪声,

[①] 安东尼奥·阿帕里西奥(1916—2000),西班牙"三六年一代"诗人、剧作家。

从开口的最初的时刻,
它一向贪婪并从不悔过。

降临格拉纳达的战争就是如此
它在打听你的下落
要判处你明亮的前额。

从你的太阳穴悄悄地
出现了平静的血迹
使百合昏死过去。

石竹、玫瑰和茉莉,
忧伤的百合,纷纷向你
胜利的鲜血献出了她们的荣誉。

大海从来不会怀疑
应该接受花朵的厚礼
将颜色化作哭泣。

一个忠诚的安达卢西亚人
献上赫尼尔河的灯芯草与黑莓的裹尸衣
为了掩盖你没有棺椁的遗体。

外国的侵略者将大地糟践
你的躯体在那里长眠
他们全然不顾黎明的呐喊。

微风这样对我诉说
而我依然梦见一片温柔的平地
你伤心的伙伴们在那里等候着你。

费德里科，你被埋葬的手，
静止不动，在遭受
蛆虫牙齿的蹂躏，这可是当真？

我看到你在微笑，遥远、孤单[①]
在死神的下面，在徒劳地
将你摧毁的重负下面。

你双唇上为了亲吻而燃烧的水晶，
爱神曾在那里甘愿被俘获，
难道真的已被打破？

连岩石都要哭泣
好让泪水浸湿大地
让受到滋润的青草抚摩着你。

你的双腿在何处，在哪个
沦陷的地区停止了跑动，
使你生命的晚香玉叶落凋零？

---

① 在洛尔卡的《骑手之歌》里有这样的词。

夜鹰在无花果上停止了啼鸣,
夹竹桃在河旁变得沉静,
西班牙在自己的岸边默不作声。

善于思考的雨露
不停地将你的坟地灌浇,
等候着夏日的歌谣。

你的形象留在了那里的天空,
升到了格拉纳达的栏杆上,
聆听着纯洁的雨水落下的声响。

同志啊,我一定要到那里将你寻访!

费德里科①

尼古拉斯·纪廉②

我叩响一首谣曲的门。
"费德里科可在这里?"
一只鹦鹉回答我:
"他已经离去。"

---

① 选自组诗《西班牙——四种苦恼和一个希望的诗》,原题《苦恼之四:费德里科》。
② 尼古拉斯·纪廉(1902—1989),古巴著名诗人,拉丁美洲"黑人诗歌"的杰出代表,曾任古巴作家艺术家联合会主席。

我叩响一扇水晶的门。
"费德里科可在此地?"
一只手臂指引我:
"他在那条河里。"

我叩响一个吉卜赛人的门。
"费德里科可在这里?"
无人回答,无人诉说……
"费德里科,费德里科!"

空荡荡的家一片昏暗;
墙上长着黑色的苔藓;
不见水桶的井栏,
绿色蜥蜴的花园。

松软的土地上
蜗牛在移动,
而七月火红的风
摇荡在废墟中。

费德里科!
吉卜赛人死在何处?
他的眼睛在哪里僵冷发呆?
他会在哪里,为什么不来?

(一首歌)

星期天他出去了,是在夜晚,
星期天他出去了,没有回还。
手里拿着一朵百合,
眼中的激情似火;
百合化作血浆,
血浆化作死亡。

(加西亚·洛尔卡时刻)

费德里科在蜡烛、晚香玉、
油橄榄、石竹花和寒冷的月亮上梦想。
费德里科、格拉纳达和春光。

在尖锐的孤独中熟睡。
在模糊的柠檬树旁,
在路边发出音乐声响。

深夜,点起了星星,
拖着透明的尾巴
沿着车夫们的路径。

缓缓走过的吉卜赛人
双手被捆,无法动弹,
"费德里科!"他们突然高声叫喊。

他们淌血的血管在怎样呼喊！
他们冷僵的身躯似乎被点燃！
他们的脚步啊，何等的柔软！

他们身披绿色，刚刚垂下黑夜的幕帐；
感官赤裸着双足
走在坚硬的没有脊梁的路上。

费德里科挺身站起，沐浴着光芒。
费德里科，格拉纳达和春光。
和月亮、石竹、晚香玉、蜡烛一起，
紧随着它们，沿着芬芳的山岗。

"外国文学名著丛书"书目

第 一 辑

书 名	作 者	译 者
伊索寓言	〔古希腊〕伊索	周作人
源氏物语	〔日〕紫式部	丰子恺
堂吉诃德	〔西班牙〕塞万提斯	杨 绛
泰戈尔诗选	〔印度〕泰戈尔	冰 心 石 真
坎特伯雷故事	〔英〕杰弗雷·乔叟	方 重
失乐园	〔英〕约翰·弥尔顿	朱维之
格列佛游记	〔英〕斯威夫特	张 健
傲慢与偏见	〔英〕简·奥斯丁	王科一
雪莱抒情诗选	〔英〕雪莱	查良铮
瓦尔登湖	〔美〕亨利·戴维·梭罗	徐 迟
欧·亨利短篇小说选	〔美〕欧·亨利	王永年
特利斯当与伊瑟	〔法〕贝迪耶	罗新璋
巨人传	〔法〕拉伯雷	鲍文蔚
忏悔录	〔法〕卢梭	范希衡 等
欧也妮·葛朗台 高老头	〔法〕巴尔扎克	傅 雷
雨果诗选	〔法〕雨果	程曾厚
巴黎圣母院	〔法〕雨果	陈敬容
包法利夫人	〔法〕福楼拜	李健吾
叶甫盖尼·奥涅金	〔俄〕普希金	智 量
死魂灵	〔俄〕果戈理	满 涛 许庆道

书　名	作　者	译　者
当代英雄	〔俄〕莱蒙托夫	草　婴
猎人笔记	〔俄〕屠格涅夫	丰子恺
白痴	〔俄〕陀思妥耶夫斯基	南　江
列夫·托尔斯泰中短篇小说选	〔俄〕列夫·托尔斯泰	草　婴
怎么办？	〔俄〕车尔尼雪夫斯基	蒋　路
高尔基短篇小说选	〔苏联〕高尔基	巴　金　等
浮士德	〔德〕歌德	绿　原
易卜生戏剧四种	〔挪〕易卜生	潘家洵
鲵鱼之乱	〔捷〕卡·恰佩克	贝　京
金人	〔匈〕约卡伊·莫尔	柯　青

第　二　辑

荷马史诗·伊利亚特	〔古希腊〕荷马	罗念生　王焕生
荷马史诗·奥德赛	〔古希腊〕荷马	王焕生
十日谈	〔意大利〕薄伽丘	王永年
莎士比亚悲剧五种	〔英〕威廉·莎士比亚	朱生豪
多情客游记	〔英〕劳伦斯·斯特恩	石永礼
唐璜	〔英〕拜伦	查良铮
大卫·科波菲尔	〔英〕查尔斯·狄更斯	庄绎传
简·爱	〔英〕夏洛蒂·勃朗特	吴钧燮
呼啸山庄	〔英〕爱米丽·勃朗特	张　玲　张　扬
德伯家的苔丝	〔英〕托马斯·哈代	张谷若
海浪　达洛维太太	〔英〕弗吉尼亚·吴尔夫	吴钧燮　谷启楠
哈克贝利·费恩历险记	〔美〕马克·吐温	张友松
一位女士的画像	〔美〕亨利·詹姆斯	项星耀
喧哗与骚动	〔美〕威廉·福克纳	李文俊
永别了武器	〔美〕欧内斯特·海明威	于晓红

书 名	作 者	译 者
波斯人信札	〔法〕孟德斯鸠	罗大冈
伏尔泰小说选	〔法〕伏尔泰	傅 雷
红与黑	〔法〕司汤达	张冠尧
幻灭	〔法〕巴尔扎克	傅 雷
莫泊桑中短篇小说选	〔法〕莫泊桑	张英伦
文字生涯	〔法〕让-保尔·萨特	沈志明
局外人 鼠疫	〔法〕加缪	徐和瑾
契诃夫小说选	〔俄〕契诃夫	汝 龙
布宁中短篇小说选	〔俄〕布宁	陈 馥
一个人的遭遇	〔苏联〕肖洛霍夫	草 婴
少年维特的烦恼	〔德〕歌德	杨武能
德国,一个冬天的童话	〔德〕海涅	冯 至
绿衣亨利	〔瑞士〕戈特弗里德·凯勒	田德望
斯特林堡小说戏剧选	〔瑞典〕斯特林堡	李之义
城堡	〔奥地利〕卡夫卡	高年生

第 三 辑

埃斯库罗斯悲剧二种	〔古希腊〕埃斯库罗斯	罗念生
索福克勒斯悲剧二种	〔古希腊〕索福克勒斯	罗念生
欧里庇得斯悲剧二种	〔古希腊〕欧里庇得斯	罗念生
神曲	〔意大利〕但丁	田德望
西班牙流浪汉小说选	〔西班牙〕克维多 等	杨 绛 等
阿拉伯古代诗选	〔阿拉伯〕乌姆鲁勒·盖斯 等	仲跻昆
列王纪选	〔波斯〕菲尔多西	张鸿年
蕾莉与马杰农	〔波斯〕内扎米	卢 永
莎士比亚喜剧五种	〔英〕威廉·莎士比亚	方 平
鲁滨孙飘流记	〔英〕笛福	徐霞村

3

书　名	作　者	译　者
彭斯诗选	〔英〕彭斯	王佐良
艾凡赫	〔英〕沃尔特·司各特	项星耀
名利场	〔英〕萨克雷	杨　必
人性的枷锁	〔英〕威廉·萨默塞特·毛姆	叶　尊
儿子与情人	〔英〕D.H.劳伦斯	陈良廷　刘文澜
杰克·伦敦小说选	〔美〕杰克·伦敦	万　紫等
了不起的盖茨比	〔美〕菲茨杰拉德	姚乃强
木工小史	〔法〕乔治·桑	齐　香
恶之花　巴黎的忧郁	〔法〕波德莱尔	钱春绮
萌芽	〔法〕左拉	黎　柯
前夜　父与子	〔俄〕屠格涅夫	丽　尼　巴　金
卡拉马佐夫兄弟	〔俄〕陀思妥耶夫斯基	耿济之
安娜·卡列宁娜	〔俄〕列夫·托尔斯泰	周　扬　谢素台
茨维塔耶娃诗选	〔俄〕茨维塔耶娃	刘文飞
德国诗选	〔德〕歌德　等	钱春绮
安徒生童话选	〔丹麦〕安徒生	叶君健
外祖母	〔捷〕鲍·聂姆佐娃	吴　琦
好兵帅克历险记	〔捷〕雅·哈谢克	星　灿
我是猫	〔日〕夏目漱石	阎小妹
罗生门	〔日〕芥川龙之介	文洁若

第　四　辑

一千零一夜		纳　训
培根随笔集	〔英〕培根	曹明伦
拜伦诗选	〔英〕拜伦	查良铮
黑暗的心　吉姆爷	〔英〕约瑟夫·康拉德	黄雨石　熊　蕾
福尔赛世家	〔英〕高尔斯华绥	周煦良

书　名	作　者	译　者
月亮与六便士	〔英〕威廉·萨默塞特·毛姆	谷启楠
萧伯纳戏剧三种	〔爱尔兰〕萧伯纳	潘家洵　等
红字　七个尖角顶的宅第	〔美〕纳撒尼尔·霍桑	胡允桓
汤姆叔叔的小屋	〔美〕斯陀夫人	王家湘
白鲸	〔美〕赫尔曼·梅尔维尔	成　时
马克·吐温中短篇小说选	〔美〕马克·吐温	叶冬心
老人与海	〔美〕欧内斯特·海明威	陈良廷　等
愤怒的葡萄	〔美〕斯坦贝克	胡仲持
蒙田随笔集	〔法〕蒙田	梁宗岱　黄建华
悲惨世界	〔法〕雨果	李　丹　方　于
九三年	〔法〕雨果	郑永慧
梅里美中短篇小说选	〔法〕梅里美	张冠尧
情感教育	〔法〕福楼拜	王文融
茶花女	〔法〕小仲马	王振孙
都德小说选	〔法〕都德	刘　方　陆秉慧
一生	〔法〕莫泊桑	盛澄华
普希金诗选	〔俄〕普希金	高　莽　等
莱蒙托夫诗选	〔俄〕莱蒙托夫	余　振　顾蕴璞
罗亭　贵族之家	〔俄〕屠格涅夫	陆　蠡　丽　尼
日瓦戈医生	〔苏联〕帕斯捷尔纳克	张秉衡
大师和玛格丽特	〔苏联〕布尔加科夫	钱　诚
茨威格中短篇小说选	〔奥地利〕斯·茨威格	张玉书　等
玩偶	〔波兰〕普鲁斯	张振辉
万叶集精选	〔日〕大伴家持	钱稻孙
人间失格	〔日〕太宰治	魏大海

第 五 辑

书　名	作　者	译　者
泪与笑　先知	〔黎巴嫩〕纪伯伦	冰　心　等
华兹华斯柯尔律治诗选	〔英〕华兹华斯　柯尔律治	杨德豫
济慈诗选	〔英〕约翰·济慈	屠　岸
汤姆·索亚历险记	〔美〕马克·吐温	张友松
大街	〔美〕辛克莱·路易斯	潘庆舲
田园三部曲	〔法〕乔治·桑	罗　旭　等
金钱	〔法〕左拉	金满成
果戈理小说戏剧选	〔俄〕果戈理	满　涛
奥勃洛莫夫	〔俄〕冈察洛夫	陈　馥
谁在俄罗斯能过好日子	〔俄〕涅克拉索夫	飞　白
亚·奥斯特洛夫斯基戏剧六种	〔俄〕亚·奥斯特洛夫斯基	姜椿芳　等
复活	〔俄〕列夫·托尔斯泰	草　婴
静静的顿河	〔苏联〕肖洛霍夫	金　人
谢甫琴科诗选	〔乌克兰〕谢甫琴科	戈宝权　任溶溶
维廉·麦斯特的学习时代	〔德〕歌德	冯　至　姚可崑
叔本华随笔集	〔德〕叔本华	绿　原
艾菲·布里斯特	〔德〕台奥多尔·冯塔纳	韩世钟
豪普特曼戏剧三种	〔德〕豪普特曼	章鹏高　等
铁皮鼓	〔德〕君特·格拉斯	胡其鼎
加西亚·洛尔卡诗选	〔西班牙〕加西亚·洛尔卡	赵振江
你往何处去	〔波兰〕亨利克·显克维奇	张振辉
显克维奇中短篇小说选	〔波兰〕亨利克·显克维奇	林洪亮
裴多菲诗选	〔匈〕裴多菲	孙　用
轭下	〔保〕伐佐夫	施蛰存

书　名	作　者	译　者
卡勒瓦拉（上下）	〔芬兰〕埃利亚斯·隆洛德	孙　用
破戒	〔日〕岛崎藤村	陈德文
戈拉	〔印度〕泰戈尔	刘寿康